2度のがんにも！
不死身の人文学

超病の倫理学から、伴病の宗教学をめぐって

前田 益尚

晃洋書房

不死身の人文学とは

　文学部で哲学なんかやって、何の役に立つんだという批判があります。しかし、サルは、生きるとは何か、たとえ命が短くなったとしても、優先すべき事があるなどとは考えられません。人間以外の生物は、すぐに役立ち、行動に結びつく思考しかできないのでしょう。そして、答えの出ない難題でも、底なしに探究できる人類だけが、高度な文明を築けたのです。その副産物が、間違いの少ない科学技術です。対して、人間ほど深く考えられないサルは、（チンパンジーなどゲノム解析すれば、人間とほんの数パーセントしか違わないのに、）文字はおろか、すぐに役立つ道具、例えば文字を書く鉛筆一本すら作り出せません。

　かつて大学は、文学部と理学部で成り立っていました。しかし、後発の法学部や医学部が、今や文理の両分野で最難関（人気）になっています。すぐに答えを出せて、役立つからでしょう。答えがなければ裁けないのが法律ですし、答えがなければ治せないのが医療です。でも、その背後に答えの出ない難問を探究できる思考があるからこそ、法律や医療ではほぼ間違いのない答えが出せるのだと著者は捉えています。

　浅い例ですが、小学校低学年で九九に出会った時、著者はとてもじゃないけど覚えきれないし、駆使して計算するなど至難の業だと感じていました。ところが、中学校で因数分解に出会う頃には、九九などいとも簡単に駆使して、四則計算（足し算、引き算、掛け算、割り算）ができていたのです。そして、因数分解なんて今後、いつ使うねん？　何の役に立つんやと思ったものでした。そうです。因数分解まででき る思考に至ってはじめて、九九など簡単に閃いて四則計算ができ、間違いの少ない解を導けるのでした。

不死身で不朽の人文学とは、実学がなるべく間違いのない解を出すための背後に控える奥深い思考体系だと著者は位置付けています。

キーワード：〈信念〉、〈執念〉、〈祈念〉、〈想念〉

まえがき

――再発ではない、新たなるがん。（後で、さらに、どんでん返しがあるなんて……）――

この本で繰り広げられるのは、「即答の学問」です。

天変地異が起きた瞬間、学者脳は起動できるのか。がんを告知された瞬間、生き方を選択するために。

人間、窮地に立たされて、はじめての決断を下す場合、参照できる記憶があるかどうかで、少しでも後悔のない決定に至れるような気がしています。そこで、本書を読まれた方が、がんに限らず、逆境に立たされた時、少しでも参照できる内容になれば、本望です。

また、難病を乗り越えた記録を出版すると、本来の仕事をサボって、病気を売り物にしていると批判する方も出て来ます。しかし、難病で重病になればなるほど、売り物にできるくらい相対化できないと、とても乗り越えられません。

人生は、厳しいものです。

著者は15年ぶりに、新たなるがんに見舞われました。

最初に、著者の度重なる病歴で、多大なるご迷惑をお掛けした近畿大学の教職員の皆様に、改めて深くお詫び申し上げます。

そして現在も、著者の回復のため、支援して下さっていることに心より感謝申し上げます。


本書は、生命《いのち》を懸《か》けて！

医療者と教職員や学生たちと共に進むべき倫《みち》、守るべき理《ことわり》を書いて参ります。

著者に限らずかもしれませんが、せっかく、医学的には正確な情報を教えてもらっても、私大文系脳には時として神学論争のようにしか聴こえず、拠り所にはしづらいのでした。余計に不安になるケースもあります。

むしろ、まずはざっくりとでもいいので、以下の樋野先生の様に、生き残る気（マインド）になれる好都合な情報だけでも開示して欲しいのです。

「放っておけば悪さをするがんが、『内なる敵』あるいは『わが家の不良息子』だというのは、見ず知らずの他人ではなく、DNAに変異こそあるものの、全体でみればほぼその人自身の細胞だからなのです。」（樋野興夫『がん哲学外来へようこそ』p.136.）

そんな勝手な要求しかしないナルシシストの著者ですが、学生などから、先生！ 凄いと言われたら、虚勢を張ってでも、大概のことはできます。

しかし、何かの拍子で、虚勢だと気づかされたら、裸の王様で、心身ともに奈落の底に落とされるでしょう。よって、これまではまさに、綱渡り人生でした。

その人生途上では、落ちるのはおろか、虚勢だと気づかされるのも、嫌で怖くて、綱から落ちないために、アルコールの力を借りては気（マインド）を張っていた時期を経て、飲まなくても生き残れるようになった断酒9年の依存症者です。

そして現在は、綱から落ちてもいいやと思えるようになりました。

不妊治療でも子どもには恵まれず、守るべき子孫もいない、残すべきメッセージは、本書も含めて8冊の単著に託しました。

これからは、迷うことなく、自分の考える正道を生きて参ります。

コロナが終息しない２０２２年の夏、再び感染者数が最高を記録して、学生たちが恐れをなしている時、それを乗り越えさせる魔法の言葉を、著者は持っていました。

「でも、がんよりマシやで！」

コロナを恐れていた学生たちの多くが、ホンマや！　がんよりマシやわ。もちろん、その正否は別です。ものは考えようのレベルでした。

しかし現実に、目の前には、2度もがんになりながら、〈信念〉と〈執念〉で天職を全うしている指導教授がいるのです。

「困難にある人の笑顔は、周囲を慰める」（樋野興夫『がん哲学外来へようこそ』p.68.）

前回、動脈スレスレまで浸潤していたステージ4に近い下咽頭がんを、声帯残して切除する天才外科医、〝ゴッドハンド〟を頼りに乗り越えて（注：〝ゴッドハンド〟というラベリングも含めて、拙著『楽天的闘病論』pp.1–87.参照）から、15年。

もう2度と、がんにはならないと、著者は勝手に高を括っていました。

血の繋がった家族でも、71歳で胃がんを切除した実母が、93歳の現在まで、再発も転移もなく、新たながんも発症していません。実の父は2003年に食道がんで他界（享年74歳）しています。しかし、勝手な運命論者の著者は、たとえ前田家ががん家系だと言われても、一難クリアできれば、後は不死身だと自分に言い聞かせて、人生を切り拓いて来たのです。

さらに自身は、アルコール依存症からも回復して、断酒9年目でした。

ところが、今回の歯肉がんは、下咽頭がんの再発や転移ではなく、新たなるがんだと診断されたのです。

振り返ってみると、15年前にがんを宣告された著者は独身で、まだ准教授でした。若さゆえに病棟でも意気がるばかりで、声帯を残す選択をした上に、勢いでがんを蹴散らした感覚を記憶に残しています。


著者が奉職する近畿大学の関係者では、卒業生で音楽プロデューサーのつんく♂さんが声帯を取って、喉頭がんから生還されました。

しかし、つんく♂さんには、がんが告知された時、守るべき家族(妻や子ども)がいらっしゃったのです。よって、より確実に家族のもとに生還できる声帯の摘出を選択されたのでしょう。その決断には、著者も敬意を表します。

逆に、15年前の著者は、独身で守るべき者がいなかったからこそ、治療が成功する前例がなくても、自分の〈信念〉だけを貫いて、声帯を残す選択ができました。つまり当時の著者は、対面ライヴの授業を通じて、肉声で次世代へメッセージを伝える事だけが生きがいだったので、明確に意思表示することを続けていられたのです。結果、声帯を残す実験的なオペをしてくださる天才外科医、〝ゴッドハンド〟を紹介してもらえることができたのかもしれません。


そして今回2022年4月、口腔内の歯肉がんの告知を受け、15年前と同じ執刀医、〝ゴッドハンド〟に運命を委ねた著者は、結婚を経て倫理的にも進歩していたと自負しております。よって、病棟でも意気がるより「徳」(arete) を重んじた言動に終始できたはずです。結果、まずはクールにがんと対峙できたとも言えるのです。

アリストテレスが示唆しているように、著者の闘病における「徳」も一朝一夕に示せるものではありません。著者の場合は、はじめてのがんから15年の人生修練を経て、少しは「」付きではない徳を体現できる成長に至ったのではないでしょうか。よって、今回のがん対応は、15年前の若き独身の准教授が七転八倒する「闘病」ではなく、結婚して老成した教授による穏やかな「超病」の域だとラベリングしました。

今回、がんの告知から入院、手術、社会復帰のプロセスにおいて、ＱＯＬ(Quality of Life：人生の質)を裏打ちする超病倫理学の試みは、2度がんに罹患した著者がヘーゲルの示すひと角《かど》の人物(etwas, somebody)に進歩できたはずだという進歩史観のライフストーリーを叩き台にしています。わかりやすく言えば、病気(気=マインド)を上書きできる様な倫理観が醸成されたのでした。

結果、本書の目的は、著者にとって成すべき大義を意味する志向倫理(aspirational ethics)に基づき、(助言を求められれば)一人でも多くのがん患者に、少しでも希望のヒントを与えることです。但し、決して一般論として万人に適用できるとは考えていません。

まず、そこに至る経緯は、以下の通りです。

２０２２年2月から2カ月近くしても治らない口内炎を、家族ぐるみでお世話になっている整形外科医院の院長さんに相談すると、すぐに生体検査（患部の細胞を摂取して、悪性の腫瘍でないかを顕微鏡等で調べる検査）を勧められました。小学校からの同級生であるこの女医さんには、無軌道な生き方しかできない著者が、何度も救われ、心より感謝しています。また、検査してもらえる病院への紹介状を、即日書いてくださった歯科医院の院長さんも、膳所高校の同級生でした。いつも的確かつ迅速なご対応には、本当に感謝しています。

そして２０２２年４月26日、大津市の基幹病院で生体検査の結果を聴くと、口腔内に歯肉がんが認められたと告知を受けたのです。

その日のうちにその足で、15年前、ステージ４に近い下咽頭がんを、声帯を残して完璧に切除して下さった〃ゴッドハンド〃が、今いらっしゃる京都府南部の地域基幹病院へ向かいました。

本書は、第Ⅱ部以降も含めて、これまたけもの道を行くライフストーリーが展開されるため、病院名やスタッフの個人情報を開示するリスクを考えると、既に拙著で記述した内容以外は、なるべく役割だけが分かるように説明して参ります。

さて、前著『高齢者介護と福祉のけもの道』の「あとがき」でも暗示した未完の小説〃アカデミック・フィクション〃ですが、何を書いても許されるフィクションの世界なのに、いざ筆を進めてみると、２万字ほどで止まっています。小説の構想は、これまで著者が学術書で提言して来た荒唐無稽な社会政策が、当たり前のように実現している世界観を描き切る文学作品のはずでした。できれば、がんに関する記述も入れて、治療の苦労も一周回って（第Ⅲ部の図参照）、虚構の世界で直面すれば痛くもかゆくもないことを描ければ、なんぼでも書けるはずだったのです。ところが、書き貫く動機が、勢いよくは湧いて来ないのでした。臨床社会学者の著者にとって、小説というフィクションの世界を描くには、誰か一人でも救う大義が見当たらず、筆が止まってしまうのでした。もちろん、本来の小説家であれば、れっきとした書く大義を説明できる方々もいらっしゃるでしょう。やはり、餅は餅屋ということでしょうか。

　対して本書の内容は、最初のがん治療から退院後即、学会発表の準備に取り掛かり、同時並行して、執筆活動も開始できました。これは、文学という自由からの逃走でもあります。しかし、たとえ荒唐無稽なアイディアであっても、（もしも助言を求められれば）誰かのためにはなるかもしれない問題の解決策を認《したた》める行為の方が、臨床社会学者を自負する著者にとっては、志向倫理に値すると脳が嬉々として起動してくれるのかもしれません。そして、本書がそれに適った内容になれば、（著者のがん治療に巻き込んだ）皆が求める方向性とも重なる功利主義（utilitarianism）の動機づけとして適切であったのではないでしょうか。また、本書で謳う功利主義とは、ジョン・スチュアート・ミルが志向するルールで弱者も守った上での最大多数の最大幸福（／リスク最小）です。経済学者の側面も持つミルに依拠すれば、そこに計算できるリスク概念を併せても背反しないでしょう。そして、これを理念型のように常に念頭に置き、入院生活を送れば、間違いのない行動につながるはずだと著者は考えていたのです。

　よって当初、メインタイトルにも倫理学と銘打つだけではなく、内容も著者が大学院博士後期課程単位取得退学の頃から参考にさせて頂いていた加藤尚武先生の名著『現代倫理学入門』（１９９７）を換骨奪胎するようなアプローチで筆を進めてみました。ところが現場の最前線を優先する身で、理論研究を深めていては臨床は間に合わないと考えると、荷が重すぎたのです。本書では、学説・理論研究ではなく、臨床の手段として、倫理学に頼らせて頂きます。よって、リアルな入院ドキュメントの中に、志向倫理を見出す（臨床と言うよりは、）〝**病床**倫理学〟または〝**即興**倫理学〟のような筆致をめざすことにしました。しかしその分、医療を受ける万人に適用できるロジックに近づけるのではないでしょうか。つまり邪道かもしれませんが、探究する「目的」としての倫理学ではなく、病苦を乗り越える「手段」にできる倫理学を〝**部分的**〟に使用するのです。そのけもの道における運用は、精神的に生き残るためでした。

また、その過程では、用語の定義など、著者が使い勝手の良い様に咀嚼《そしゃく》しました。今は在野の生物学者、池田清彦さん（２０２２）は〝自分の概念と他人の概念は同じコトバでも意味が違うし、概念に正しさを求めるのは間違っている〟と認識できる賢さこそ、人間に求められていると喝破されています。つまり、高次の生物に必要な考え方は、弱肉強食など唯一の正義ではなく、各々が生き抜く意義なのではないでしょうか。著者はたとえ概念の定義から逸脱しても、生き残るために使い勝手の良い意味を咀嚼した言語で考えて生き抜くのでした。結果、意識的に病気を上書きする倫理観の確立＝超病倫理学が、サバイバルできる工程の一つとなれたのでしょう。

Ｇ・Ｗ・Ｆ・ヘーゲルの倫理学において、有意義な仕事をすること＝承認とするならば、大学教授という天職が行うべき作業のひとつは授業だという〈**信念**〉を著者は抱いています。よって著者にとっては、少なくとも研究室に所属するゼミ生への指導継続なくして、倫理的に満たされた入院生活や治療は担保されないのでした。

入院患者の一部には、病院食が不味いだの、風呂に入れろだの、治療を早めろなどと態度を露《あらわ》にするのが生き残るためだと間違えて利己的になり、病棟スタッフに対しても、理不尽な要求を突き付けるケースが多いのです。対して、歯肉がんの発覚後、特に最初の2週間超の入院をめぐる著者の行為（第I部）は、大筋として、倫理学の巨人と目されるアリストテレスやヘーゲルにおける最大公約数の倫理観に近づいていると振り返れます。そして、15年ぶりである新たながんとの向き合い方は、ひと角のQOLを維持できた＝進歩した証だからこそ、報告する意義があると考えました。

結果、最初の入院中もコロナ禍に体得していたオンライン授業を継続し、履修学生たちとの約束通り2週間で、対面授業に〝がん〟から復帰できたのです。その成果に、一部の学生たちから、著者は神格化されてしまいました。

「本当に有言実行した（がんの手術で2週後には教壇に戻る）先生の言葉は、ひと言ひと言、すべてが信用できます。」（3年）

「がんから2回も生き残った前田先生に会うために、私は○○大学を落ちて、近大に来れたんやと納得できました。」（2年）

「これからずっと先生について行けば、私も不死身になれると思います！　よろしくお願いします！！」

（2年）

（以上、再録の快諾を得たミニレポから、抜粋）

著者は、15年前の経験値から、落ち着いて2度目のがんに対応しただけですが、こうやって、教祖なる者が祭り上げられて行くのかと宗教社会学者の様にも実感しました。本当に20年以上、教壇に立っていて、常にパンクな授業内容を展開して来たため、毎回授業後に提出してもらうミニレポに、このような全肯定のコメントを書かれたことは殆どありません。はじめてに近い現象です。

そしてその後も、多くの持病、基礎疾患を抱える著者は、心身ともに生き残るために、小さな予言の自己成就を行いました。（拙著『サバイバル原論』p.111.参照）例えば後期の授業期間内、37年前に受けた左小耳症の形成手術の痕から、移植した軟骨が出て来たので、２０２２年9月21日、大津市の基幹病院で日帰り手術を受けて、皮膚を縫い直してもらった時にも、予告通りにオンライン授業を行い、休講にはしませんでした。つまり、コロナ禍で体得した原初的なＥｄＴｅｃｈ（後述のメディアに拠《よ》る教育技法）を駆使すれば、多チャンネルで情報交換が可能になり、著者は〝（自身に）何があっても決して休講にしない授業観〟を切り拓けたのです。心理学でいうセンセーション・シーキング（Sensation seeking／著者意訳：冒険心）でしょうか。そして、審美眼のある学生からは、「前田先生って、何度もまるで散髪でもして来たかのように、手術を受けたと言いはりますよね。」とミニレポにも書いてもらいました。確かに、カットしてもらったことには変わりありません。こういう比喩や表現が秀逸なミニレポには、文芸学部の授業なので加点します。

そして教授とはいえ、著者は大好きな大学なる環境から一度も出たことのない永遠の大学生を自負しています。もちろん、神でも、神の遣《つか》いでもありません。よって、学生たちの永遠の先輩でいるつもりで、この先も教壇から語り掛けて参ります。多様性が求められる大学には、そんな教員像も1人くらいいても意義があるでしょう。よって、一部の学生からだけとはいえ、決して教祖になどなりたくありません。次世代の学生たちから、新鮮な発想をパクる（引用できる）姑息な先輩であり続けたいのです（注：もちろん、パクる（引用する）時は、当人の了解を得ます）。そして本音は、パクれるくらいの斬新なアイディアを出せよ！というアジテーション（挑発）を授業で行っているのでした。

但し、著者が休講せずに、オンライン授業を継続したことは、必ずしも正解とは限りません。病状によっては、休講して治療に専念した方が、快癒を早める場合もあるでしょう。著者が本書で提言したいのは、現代の闘病や超病には、「手段」に選択肢があるということです。危機管理にも多様性を例示するのが、臨床社会学者の務めではないでしょうか。

大学は、あらゆる学の定義にとらわれない〝思想の自由市場〟であるべきだと著者は考えています。近畿大学でも、特に著者が所属する文芸学部は、多様な学問の領域を横断する理念のもとに創設された学部だと、1999年、著者は自身の採用面接で、当時の学部長、後藤明生先生から解説されて、大いに共感致しました。後藤先生は作家らしく（学際ではなく）〝トランスアカデミズム〟（領域を横断する学問）という独自の言葉を使って説明されたことを、今も鮮明に覚えています。

よって今回、社会学者の著者も倫理学の考え方に越境してみました。

2022年の前期授業も終わって、診察を受けた主治医、〝ゴッドハンド〟は、「（退院後すぐに、）ホンマに対面授業に戻り、続けられるとは思わなかった。普通の患者さんなら、少なくとも3カ月は、在宅で療養しながらのメディア授業を勧める。しかし、前田さんの場合は、15年前の〝勢い〟を信じて、退院即、教壇復帰を認めた。」と言われました。つまり15年前の准教授時代、原初的な本能に任せて、ステージ4に近い下咽頭がんを乗り越えた経験値も、内外に向けて無駄ではなかったのです。

また、「ちょうどコロナの感染が小康状態の時に、がんが発覚して（せめて）良かった。（感染が再拡大している！）今やったら、入院と緊急手術の予定が組めていたかわからない。やっぱり、前田さんは（強運を）持っているなあ。」とも言って頂けました。運命論者の冥利に尽きます。

そこで、著者が考える医療者とのコミュニケーション要点です。

プロ患者を目指すなら、何をさておき、優先順位（最優先）を明確にすることでしょう。あれもこれも、ともすれば全部（元通りに）治してなどと要求すれば、誰でも匙《さじ》を投げかねません。

著者の場合、具体的に言うと、15年前のステージ4に近い下咽頭がんでは、**「肉声で授業をすること。」〈信念〉**一点張りでお願いしました。他はどうなっても構わないと。それが結果として、声帯を残して唯一無二の手術ができる〝ゴッドハンド〟につなげてもらえたのです。

そして今回は、**「授業の継続」〈執念〉**一点でした。結果、前期の入院中もオンライン授業がしやすい個室が空いた途端に移してもらえましたし、他の患者さんには極力迷惑が掛からないよう、早めの退院が実現して、前期の教壇復帰となったのです。

しかし、これは医療に限らずでしょう。人間、人生において成すべき優先順位が常に念頭にあれば、自ずと活路は見出せるのです。そして、それは後から考えると、悪しき優先順位に囚われる（アルコール最優先の）依存症の再発を回避する思考回路ともなりました。今、気がづけば、授業以外の療養時間は（苦手な人間関係に悩まされず、孤高に）四六時中できる執筆活動を最優先にして、アルコール最優先だった回路を上書きしています。

もちろん、医療現場では、患者が皆、饒舌に考えをまとめてアウトプットできるとは限りません。よって、診察前の問診票などで、（仕事内容や人生に置ける価値観の）優先順位を示せる項目があればと思うのです。いきなり問われても困るという一般の患者さんのためには、ＡＩ問診票などで、選択肢を用意してもらうのも、一案となるでしょう。

目　次

II　再発したら、伴病の宗教学
――自身で工夫する余地が無くなったら、何かに縋《すが》る著者も人の子――

I

2度のがんで、超病の倫理学

15年前の享楽に基づく入院生活は、
独り善がりだったのかもしれません

1 楽天的な闘病論から、進歩した超病のための倫理学序説

著者がおよそ7年ごとに被った大病歴は、即ち臨床社会学者としての研究歴でもありました。そして治療で休職した期間も、すべてサバティカル（研究休暇）のように病と向き合い、研究成果として、単著を出版しているのです。

一冊めは、2007年度、ステージ4に近い下咽頭がんと診断され、休職。京都大学医学部附属病院における約10カ月の入院で、天才外科医〝ゴッドハンド〟による声帯を残して完治を目指す実験的な手術、放射線、抗がん剤の治療を経て、生還。2008年4月より、復職して〈信念〉の授業再開。

休職期間を、サバティカルのように活用し、研究成果として遅まきながら2016年に単著『楽天的闘病論』を出版しました。

二冊目は、2014年度、抑うつ状態、長期に亘るアルコール依存症と診断され、休職。京都のいわくら病院における3カ月の入院治療を経て、断酒会に入会。アルコール専門病院、安東医院に通院しながら、現在までに656カ所以上、自助グループの例会やミーティングで参与観察。体験発表も重ねて、回復を果た

し、2015年4月より復職して〈**信念**〉の授業再開。ポスト・アルコホリズム（脱アルコール）の世界観を拓く。こちらも休職期間を、サバティカルのように活用し、研究成果として単著『脱アルコールの哲学』（2019）を出版しました。

　もちろん、ご迷惑をお掛けした大学には、これまで正式なサバティカルの申請は、一度もしておりません。そして2022年4月26日、口腔内の歯肉がん告知を受けたのです。結果、15年前と同じ執刀医〝ゴッドハンド〟が現在いる京都府南部の地域基幹病院で、5月11日：入院、同月12日：全身麻酔の緊急手術。左下顎の歯肉を全て摘出し、骨がむき出しのまま、同月27日に退院。この間、休職はおろか、休講もなし。入院中も、〈**執念**〉で、コロナ禍に体得したオンライン授業を継続しました。

　繰り返しますが、著者が休講せずに、オンライン授業を継続したことは、必ずしも正解とは限りません。病状によっては、休講して治療に専念した方が、快癒を早めるケースもあるでしょう。著者のオンライン授業は、現代の闘病や超病の「手段」に選択肢があるということを意味しているのです。危機管理にも多様性を例示するのが、臨床社会学者の務めでしょうか。

コロナ禍の最中でも、体得できた原初的なEdTech（Education×Technology／著者意訳：メディアに拠《よ》る教育技法）は、教員のみならず、学生にとっても、多チャンネルの大いなる経験値であり、キャリアとなります（注：コロナ禍の原初的なEdTech活用例は、拙著『パンク社会学』pp.173–174.および『高齢者介護と福祉のけもの道』pp.145–146.参照）。

そしてコロナ元年、2020年の就活で、はじめてのWeb面接に臨んだ前田研究室の中で、最初に内定を取ったゼミ生は、面接官から冒頭「Web面接は、どうですか?」と聴かれ、こう答えたのです。「私は、オンライン授業でもしっかりと学べて、難なく単位も取れています。これから始まるオンラインの営業には、私を使ってください!」

これには面接官も面食らい、「オンラインの現状に不平や不満、不安さえ口にせず、スキルにできた言えたのは、あなたが初めてです。」と応じて、即内定が出ました。有名な証券会社です。

そうです。どの世代にもいくらでも経験者がいる留学などより、コロナ禍における多チャンネルの学修は、現時点では少数しか経験値のないスキルとなるのでした。

難局であればあるほど有効なEdTechは、たとえ原初的な段階であっても、その事を改めて学生たちに示せば、多チャンネルの経験値(キャリア)は就活にも使える場合もあるのです。よって著者は、がんの手術で入院中も、オンライン授業を継続して、1回も休講にしませんでした。倫理学者でもあるプラトンの時代から、人間は、他のどんな存在にも(たとえコロナウイルスでも、がん細胞でも)負けない技術を使う知恵が与えられた存在だと考えられていたはずです。

そして、それ(オンラインによる授業継続)は結果として、著者ががんに罹って巻き込んだ関係者の多くに、出来る限りの幸福をもたらすのではないでしょうか。

15年前の准教授時代、七転八倒しながらも、決して諦めも絶望もせず、常に前向きにがんを蹴散らしたのは、まさに「闘病」でした。では、そこから転じて、落ち着き払ってがんを乗り越える「超病」の境地とは、いかなる状態を表すのでしょうか。

ヘーゲルの承認の倫理学に倣《なら》って、他者に認められてこそ、存在意義があり、その証のひとつが社会的な役割を果たすこと＝働くことであるとするならば、著者の場合は教授職を続け、学生の多くは就職活動を続けることでしょう。それができる環境を、がんと対峙する病棟に設定することが著者の志向倫理（aspirational ethics）であり、超病の一形態になると考えました。この展開は、第2章で例示しながら続けます。

まず2022年4月26日、口腔内の歯肉がん告知を受けて、直ちに向かったのは、下咽頭がんの執刀医、〝ゴッドハンド〟が現在いる京都府南部の地域基幹病院でした。そして、〝ゴッドハンド〟が手術できる最短のスケジュールは、2022年5月27日。しかし、翌日4月27日、大学で授業の直前、〝ゴッドハンド〟から著者の携帯に直接電話があったのです。手術のキャンセルが出たので、5月12日に早めて緊急手術ができる！という、今回もまた運命が微笑みました。

結果、2022年5月11日（水）入院、12日（木）全身麻酔で緊急手術、27日（金）退院とスケジューリングが相成ったのです。

前田の先行研究を検証して

　授業も最初は、休講するつもりでした。しかし、手術のキャンセルがあって、著者の手術が繰り上がり、GW明けまでに休講の情報が、履修学生の全員に行き渡るか、不安になったのです。ならば、文芸学部の学生センターとも相談して、入院中も、オンライン授業をやろう！　コロナ禍のようにと舵を切ったのが、臨床社会学者を謳う著者の授業継続への〈**執念**〉だったのかもしれません。

　しかも、講読の授業では、ちょうど拙著『楽天的闘病論――がんとアルコール依存症、転んでもタダでは起きぬ社会学』を読み始めたばかりでした。今回のがん発病前、講読の授業でも、一部の受講生からは、（15年前）がんが宣告されて実験的な大手術を受けたのに、本当に楽天的に闘病などできていたのですか？　と疑問が呈されていました。他にも、本の内容は、後付けの武勇伝なのではないですか？　というミニレポも、一部から提出されていたタイミングで！　新たなるがんの発覚だったのです。もちろん、何でも鵜呑みにしない批評精神は、大学で身に着けるべき素養の一つでしょう。

　しかし、今回の新たなるがんに対する著者の向き合い方を、直接！　受講学生たちに見せれば、教科書『楽天的闘病論』に描いた著者のひたすらポジティヴな姿勢は、後付けではなかったことを証明できます。

　但し、拙著『楽天的闘病論』において、先行研究に値するがんに関するパートの目次は、以下の通りでした。

身体的な病を超えて

第一部　ひとに向けて発砲するガンマン

――発声にまつわる下咽頭がんの超克

1．病院はテーマパーク
2．主治医とは、ボケ&ツッコミ
3．治療は、アトラクション
4．看護師（又は、研修医）とは、疑似恋愛
5．リハビリは、バラエティ番組

まさに原初的な快楽を追求しようとせんばかりのキャッチコピーです。そして、イキって前のめりになることにより、がんへの不安を蹴散らす極論の数々でした。もちろん、結果として乗り超えられたので、間違いだったとは言えません。但し、巻き込んだ周囲すべての人々の幸福を希求できるような高次の志向倫理があったとは言い難いでしょう。

なんせ15年前、入院中は辛うじて、酒は飲んでいませんが、ドライドランクの（飲んでなくても、当面は飲んだままの言動を繰り返してしまう）状態で、アルコール依存症から完全に脱却した脳の回路ではありませんでした。結果、退院即、連続飲酒に戻っていましたから。

真実とは、必ずしも倫理的に耳障りの良い内容ばかりだとは限りません。よって、たとえ自分史であっても、若気の至りだったと黒歴史にして口をつぐみたいような過去も、いわゆる（歴史）修正主義に陥らないよう、著者は全て開示し続けます。

拙著『楽天的闘病論』も、見方によれば禁断の書でした。

最初のがんに対峙する時、虚勢を張るにもリミッター（限界）が分からず、周囲に掛ける迷惑も省みずに、サバイバルの本能だけが全開だったのです。

結果、がんを忘れて自己治癒力を高めるためなら、自分の欲望の赴くままに快楽を求めて、病棟スタッフたちの別人格までコントロールできると考えていた節もあります。

もちろん、はじめての苦難を乗り越えるため、原初的な快感原則だけに沿うのは、期間限定であれば、多くの人間に救済策として認められるのかもしれません。

よって当時は、信頼できる学科の主任教授（哲学者）からも、以下の様な激励メールを賜りました。

「ところで、年甲斐もないこと、特に年齢不相応の恋愛・セックスのことをマジに期待・計画すると、身体・皮膚・毛は若返ることがあるよ。何か試したら……。治りが早くなるかも。」（拙著『楽天的闘病論』p.60. 参照）

改めて振り返ると、はじめてのがん告知で、重症度はステージ4に近く、声帯を取るか取らないかの瀬戸際に追い込まれた今より若い著者でした。確かに、精神分析医のジークムント・フロイト曰くのリビドー（性本能）も含めた〈突破力〉がなければ、未曽有のがんなど克服できなかったのかもしれません。よって、この経験を原則としては、肯定しています。事実は、エロスに関する人間関係なので、お相手を鑑みて、詳細を文書には遺せません。

そして、独身時代に、こんな無謀な経験値があったからこそ、今回は反省も踏まえて、がんに対して落ち着いて行動ができたのではないでしょうか。はじまりは、多少逸脱していても、最終的には大きな成果を生むケースもある初期値鋭敏性（sensitivity to initial conditions）から、数学におけるカオスな論理展開（chaotic orbit）とも通じるかもしれません。つまり、必然との見方もできるでしょう。結果、今回は授業途上の履修学生たちや病院のスタッフたちにも、関係者における最大多数の最大幸福（／リスク最小）をもたらすような高次の志向倫理を試行できたのだと思います。

15年前（2007年）の准教授時代は、派手に虚勢を張って、がんを蹴散らした残像があります。しかし今回（2022〜2023年）は、教授として静かに虚勢を張って、粛々とがんを退散させた印象です。

15年前は、はじめてのがん告知と実験的な手術を受けるに当たって、精神的にも極限状態に至り、原初的な快感原則に沿って、動物的な本能全開の入院生活を送る事で、恐れを上書きし（押し殺し）ていました。

しかし、それは生き残るため、自然に発現した営みだったのかもしれません。但し、社会復帰後は、前述のフロイトが示唆したように、不都合で不快な経験も受け入れる現実原則にも沿うことが必要です。わかりやすい端的な例が、寓話の中にあるでしょう。浦島太郎です。彼は、本能的な快感原則に沿って生活していた海の底の〝竜宮城〟から、海辺に戻って社会復帰した途端、現実原則が受け容れられず、玉手箱を開けて物語はデッドエンドでした。

よって、著者は2度目のがん告知と手術、入院の過程では、ローリスクな方法を考えたのです。つまり、入院中から現実原則に沿って、巻き込んだ人々の最大多数が最大幸福（／リスク最小）になるよう想定したのです。その一つが、入院中もオンラインで授業や指導を継続する事でした。

結果、入院中も、現実原則に沿って天職を全うするという、高次の快感原則に到達できたのではないでしょうか。

学部学生の時代に観た『トップガン』（1986）の続編、『トップガン／マーヴェリック』（2022）を、教授になった今観て、つくづく考えました。

トム・クルーズ演じるマーヴェリックも、前作では才能があっても無謀過ぎるエロスも全開の訓練パイロットでしたが、新作では陣営においてルールを守った上での最大多数の最大幸福（／リスク最小）を図るひと角の教官に進歩していたのです。

今回、2週間超の入院期間も、休職はおろか、休講もせず、コロナ禍で体得したオンライン授業を活用して、病室においても天職である教育・指導を継続できたレジリエンス（resilience：適応力）。それは、原初的な快楽を超えて、巻き込んでしまったできるだけ多くの周囲に、できるだけ大きな幸福をもたらす、ひたすら徳を積む高次の〈信念〉として少しは再評価できるでしょう。

そして2007年、1年間休職した時のことを考えると、やはり、長期間入院していると、（家族関係の様に）自身の嫌な精神面も周囲には出してしまいますし、無意識にも出てしまうようです。

同時に、患者にも病棟スタッフの嫌な精神面が見えてしまいます。

よって、できれば短期間の入院で、治療以外は儀礼的な相互行為に終始するのが、最適な超病と言えるのかもしれません。結果論ですが、2022年5月、未だコロナ対応の厳しい病棟は、その環境が整っていました。本能とは、秘めた想いに留めておくのが、極限状態における人間ならではの「いき」なメンタリティ（九鬼周造『「いき」の構造』初版1930. 参照）ではないでしょうか。

当初考えていた書名は、『楽天的闘病論』の続編だと意識して、「不死身のガンマン」でした。キーワードのガンマン（がん患者）は、まず登場人物の語感から、執刀医〝ゴッドハンド〟に対置するプロ患者で、ガンマンでしょう。巷で使われるがんサバイバーやがんファイターといった、より明確な呼称は、がんに向き合い過ぎていて、使命感を帯びてしんどいですし、かえってがんの恐怖を煽るように、著者には受け止められます。結果として、患者のがん細胞が強敵となり、増殖させそうな気分にもさせると著者は感じます。それよりも、かつてワイドショーで、有名人のがん告白が話題に上った時、当事者でもないゲストの宍戸錠さんが口を滑らせた「俺は、ガンマンだったけどな！」という全く関連性のないトボケたジョークの方が、あっけらかんとしているために、著者の好みでした。つまり、錠さんのガンマンは、最もがんを相対化（エンタメ化）できている（病気であるがんとの関係性がよくわからないほど突き放した！）発言で、忘れられません。そして著者は、エースのジョー（宍戸錠）の発言に、嫌な気分と言うより、能天気な気持ちになれたのです。ナルシシスト同士で〝同期〟（共鳴）したとも言えるのかもしれませんし、それは、２度のがん患者になった今も変わりません。「難民」とか「サバイバー」という、何か劣勢にあることをイメージさせる言葉をわざわざ自分自身に冠することはないのです。特に、自分ではどうすることもできない病気などに対しては、飛び越えた視点が必要だと著者は考えています。

また、これまでの拙著すべてに加えて、前著『高齢者介護と福祉のけもの道』もご高覧賜り、著者の作風を「絶望の手前にいても、あるいは絶望の手前にいるからこそ笑いを取ろうとするハードボイルドな笑いは、生き抜くための最も賢い方策のように思えます。」と誉めて下さったのは、三島由紀夫文学館館長で、元近畿大学文芸学部長の佐藤秀明先生でした。

人間には様々な面があります。
がんという一面を受け止めつつも、これまでと同じように、可能な限り自分の好きなことや好きな仕事を無頓着なほど大胆にしたらいいのです。
（樋野興夫『がん哲学外来へようこそ』p.29.）

がんに直面して、かえって絶望や抑うつ状態に陥った場合、そのストレスから、がんを撃退する通称：キラー細胞が減少してしまうリスクがある事は定説となり、普通に臨床医も援用されています。ならば、がんも相対化できてこそ、確実に自らのキラー細胞を発動させて、打ち勝てるのではないでしょうか。がんを忘れて、笑いに興じていれば、笑った直後の血液検査で、キラー細胞が増えている現象は確認されています（伊丹仁朗『笑いの健康学』pp.50–54.）。しかし、一日中笑っている人は、違う病気でしょう。そこで、独身で恋愛至上主義者だった15年前、准教授の著者は、一日中恋をして、がんを忘れ、キラー細胞を増やそうとしていたのです（拙著『楽天的闘病論』pp.46–61. 参照）。但し、今回はイコールパートナー（対等な相方）としての妻がいる著者でした。恋愛よりも、生きがいの教育を司る者として、その矜持《きょうじ》を貫き、入院中もオンライン授業を継続して、がんなど相対化できたのです。結果、体内ではがんに勝るキラー細胞が増えていたと信じています。

結果としては、15年前、准教授で独身だった著者が、ひたすら原初的な快感原則に沿ったライフヒストリー『楽天的闘病論——がんとアルコール依存症、転んでもタダでは起きぬ社会学』から、結婚を経て、がん患者としても進歩した証としてたどり着いた書名は、『2度のがんにも！　不死身の人文学——超病の倫理学から、伴病の宗教学をめぐって』です（注：伴病とは、伴侶のようにがんと向き合う意味です）。

2度のがんとは、今回の歯肉がんが、部位は近いですが、15年前の下咽頭がんの再発や転移ではなく、別のがんが現れたという意味。そこで2発目のガンマンという題名も考えましたが、著者は入院中も、**教授としては不死身**です。そして志向倫理に適い、天職を全うしてこそ、超病の域に達すると考えて結実したのが、本書のメインタイトルです。

これまた余談ですが、『楽天的闘病論』（２０１６）から同様に成長し、アルコール依存症の当事者として進歩した証には、拙著『脱アルコールの哲学』（２０１９）があります。そして、さらに進歩した先が、拙著『パンク社会学』（２０２０：pp.152–163.）「10 手段が目的化（自動化）したら！ 依存症を疑え！！」でした。人類の進化が止まらないのと同様に、個人の進歩も止めてはなりません。

話を戻して、著者が、原初的な快感原則に沿って15年前（独身の准教授時代）のがんを乗り越えてからは、結婚も経て天職である教授職を続けて、少しは徳を重ねられて来たはずです。結果、2度目のがんには、高次の志向倫理を持って対応できたはずでしょう。よって本書を、悩めるがん患者さんが主体的に（自ら）手に取ったならば、そのうち弱者からでも最大多数が、巻き込んだ周囲も含めて最大幸福（／リスク最小）に至れるヒントになると信じています。

もっと強引に言えば、合理的な天職こそ禁欲に反しないという倫理観を示唆したとも解釈されるマックス・ウェーバーの大著『プロテスタンティズムの倫理と資本主義の精神』は、著者が学部学生であった１９８０年代にも、社会学を志す者には必読の著で、『プロ倫』と略され、幾度となく参照されていました。本書も、人生における難局を克服するのためのヒントとして、『2度がん』などと略して参照してもらえれば嬉しいです。

しかし、現在の社会問題に、唯一無二の正解などありません。そこで、臨床社会学者がやるべきなのは、解決策の選択肢を、可能な限り列挙する事だと著者は考えています。新型コロナウイルスなど未知の病に対しても、臨床医が示さざるを得ないであろう唯一無二ではない複数の処方箋、その数々と同様です。

結果、どれが正解であったかは、振り返られるようになった時に、歴史の検証者が決める事ではないでしょうか。だから、近畿大学文芸学部の文化・歴史学科には、現代の専門家と歴史の専門家が共存しているのです。

進歩のはじまり

入院期間は、16年前の10カ月から、今回最初の前期は2週間超で済みました。

これは、がんの進行状態、つまりステージの違いが主な理由なのですが、今回最初の短さは、それだけではありません。著者が心身ともに進歩した暁に、効率化や最適化が図られ、的確にものが言えて対応ができる患者として機能していたからではないでしょうか。

京都府南部の地域中核病院において、今回見つかった口腔の左下の歯肉がんは、16年前にがんが見つかった左の下咽頭に近くだったため、ガンマン本人には再発としか捉えられないインパクトで、ショックでした。しかし、主治医〝ゴッドハンド〟からは、新たながんだし、さあ取ろうと言われました。

そうです。著者には16年前、もっと重篤なステージ4に近い下咽頭がんを、10カ月に及ぶ入院期間（その間、抗がん剤、手術、放射線など、対がんフルコース）で克服した経験値があったのです。

そして今回も、16年ぶり！　唯一無比のオペができる天才外科医〝ゴッドハンド〟に、口腔の左下にできた歯肉がんを、ぜんぶ根こそぎ取ってもらいました。その手際たるや！　トゲを抜くような鮮やかさだったのです。

なのに、今回の病院で病棟の看護師さんはみんな、〝ゴッドハンド〟を変なおじさんとしか見ていなかったらしいです。担当の若い看護師さんが教えてくれました。なんでこんな変わりもんが、何年か前に、よそからフラッとやって来て、部長なん？　て。

これには、著者も驚きです。

しかし、16年前を思い出してみると心当たりがありました。入院中、病棟で迷子になっているおじさんを見つけた著者は、見舞い客だと思って、「どうされました？」と声を掛けたのです。すると、「手術がキャンセルになって、やる事がないんだよ。」と答えたのは、なんと〝ゴッドハンド〟だったのです。そうです。普段は、〝ゴッドハンド〟のオーラなどまったくない、風変わりなおじさんでした。気配を消す達人、または日頃の遠山の金さんです。

そこで、16年前、著者のステージ４に近い下咽頭がんを、声帯を残して完全切除できたのは、〝ゴッドハンド〟だけだったと、著者が説明すると、それを聴いた看護師さんたちは全員、絶句されていました。

そんな凄い先生やったんやって。

でも、だからいいのよ！　と著者。

あれで、〝ゴッドハンド〟が饒舌《じょうぜつ》だったら、もっと良いうわさが広まって、がん患者たちは殺到するでしょう。

そうなっていたら、今回も著者が手術のキャンセル枠に入れてもらい、緊急手術してもらえるなんて幸運は無かったのですよ。ずーっと外面は普通の〝ゴッドハンド〟でいてくれたおかげで、著者は今回も救われました。

結果、〝ゴッドハンド〟の存在は、16年前のオペを描いた拙著『楽天的闘病論』だけなら、〝都市伝説〟だと思われていたのかもしれません。今回、再びお世話になって、〝ゴッドハンド〟は実在する天才外科医であることが証明できました。

そんな隠れた天才外科医に巡り合うのには、常に患者が治して欲しい優先順位を明確にしておく必要があるのです。著者は16年前、地元大津市の基幹病院で、ステージ4に近い下咽頭がんの告知を受けた瞬間に「教壇から肉声で対面のライヴ授業が続けられるなら、他はどうなっても構いません！」という〈信念〉を訴えてはじめて、〝ゴッドハンド〟を紹介してもらえたのです（拙著『楽天的闘病論』pp.4–5. 参照）。

これが、言葉は悪いですが、五体満足での生還を望んでいたら、それは無理だと言われたでしょう。そして16年前、最初に告知を受けた病院では、声帯ごと切除して完治をめざすか、声帯を残すなら放射線治療で平均余命5年の二択でした。そこで、声帯さえ残れば、後はどうなっても構わないという確固たる優先順位を表明した患者だったから、当時京大病院にいた〝ゴッドハンド〟に繋げてもらえたのです。

そして今回最初の治療において、著者は5月12日に緊急手術が決まった時点で、〃ゴッドハンド〃に入院期間と退院日のお願いをしました。もちろん治療が最優先ですから、できればという条件付きです。

著者の希望は以下の通りです。

5月27日（金）退院
5月28日（土）関西社会学会で、プログラムに掲載されている口頭発表（オンライン）
5月30日（月）近畿大学で、対面授業の再開

予想通り〃ゴッドハンド〃は、著者のスケジュールに間に合わせると明言してくださいました。

さらに、このタイムテーブルが、カルテか何かに〃ゴッドハンド〃の字で書いてあったと看護師さんの証言もありました。しかし、そのメモは以下の通りだったそうです。

「28日学会発表。30日授業。」

言葉少なで、説明不足、でも腕は確かな〃ゴッドハンド〃は、先ほどの文言だけを残したため、看護師さんは、〃ゴッドハンド〃自身の予定を書いてあるのかと思っていたと言います。まさか、患者の予定に合わせて、任務を遂行するためのメモ書きとはと。

そして今回も、約束を果たしてくださいました。それが、〃ゴッドハンド〃。

繰り返しになりますが、誰もできない手術ができる環境を求めて、渡り歩いて来られた今の病院では、看

護師さんの誰もが、〝ゴッドハンド〟の技術を知らず、変人扱いでした。入院中は、ガンマンの著者が広報官となって、〝ゴッドハンド〟の偉業を伝えると、皆さん、びっくりです。結果、著者の病室は、巡回の看護師さんたちに〝ゴッドハンド〟の偉業を讃《たた》える講談師の舞台みたいになっていました。確かに、ナルシストである著者の専門領域は、マス・コミュニケーション論です。そして、この院内マス・コミュニケーションで〝ゴッドハンド〟の存在意義を周知させることは、できるだけ多くの病院関係者に、最大の幸福をもたらす大げさを承知で言うと、Ｊ・Ｓ・ミル流の功利主義と志向倫理に沿った言動ではないでしょうか。

以上、進歩の証！ 病気を上書きする倫理観の確立、即ち超病のための倫理学のはじまりでした。

そして初回の入院と手術は成功して、無事に退院できました。

但し、歯肉がんを根こそぎ切除してもらったため、口内では左下顎は骨が剥き出しです。外からは見えませんが、いざという時にはマスクの時代を逆手に取って凌ぎます！ 入院中のオンライン授業然《しか》り、著者は、常にコロナ禍で不自由になった環境を逆手に取って、レジリエンス（適応力）を発揮するのでした。

もちろん、逆手に取れないこともあります。

著者は、口から、まともに物が食えないという十字架を背負わされることになりました。

しかし、胃に穴を開けて、直接栄養を補給する胃ろうは、可能な限り回避します。著者は、舌で味わうことを、第三の生きがいとしているからです。

16年前の下咽頭がん治療で、嚥下《えんげ》に支障をきたすようになり、今回の歯肉がん治療で、咀嚼《そしゃく》が困難になった著者ですが、発声と同様に味へのこだわりは捨てていません。

よって退院後、ガンマンの著者が美味しく食べられる料理を、工夫して用意できるのは、イコールパートナーの妻だけです。時には、デリソフター（Delisofter）という特殊な調理器具を使って、食材や料理を見た目や形はそのまま、味も舌触りも変えず、喉に詰まらない程度に柔らかくしてくれました。料理一つできないダメ人間の著者は、妻の尽力なくしては生き残れません。いつもいつも、心より感謝しています。

そして、食べるという行為は、命がけだということを改めて噛み締めています。

食事には苦労しますが、発話の機能は、普通にしゃべれます。全身麻酔で気管確保のため、喉に開けた穴も、完全に閉じていました。

そこで改めて著者が、勝手に文明人であるために死守したいと考える3要件です。

①眼で、テレビが見られること。
②肉声で、対面授業ができること。
③舌で、食べ物が味わえること。

2 入院中も、教育者であり続ける！〈信念〉の倫理的な意義と〈執念〉の効用

人間、人生において成すべき優先順位が常に念頭にあれば、自ずと活路は見出せるのです。そこで改めて、著者が考える医療者とのコミュニケーション要点です。

優先順位（最優先）を明確にすること。著者の場合、16年前のステージ4に近い下咽頭がんでは、**「肉声で授業をすること。」**一点張りの**〈信念〉**でお願いしました。それが結果として、声帯を残して唯一無二の手術ができる〝ゴッドハンド〟につなげてもらえたのです。

そして今回は、**「授業の継続」**一点の**〈執念〉**でした。結果、２０２２年前期における最初の入院中もオンライン授業がしやすい個室が空いた途端に移してもらえましたし、早めの退院も実現して、２週間ほどで対面授業ができる教壇復帰となったのです。

コロナ禍に体得できたＥｄＴｅｃｈ（メディアに拠る教育技法）は原初的な段階であっても、多チャンネルを可能にして、教員のみならず、学生にとっては、他の世代が経験しえない大いなるキャリアとなったはず

です。

前述の通り、コロナ元年、2020年の就活において、前田研究室のゼミ長はWeb面接で、「私は、オンライン授業でも十分に学べて、難なく単位も取れています。これから始まるオンラインの営業には、私を使ってください！」と喝破して、内定一号になりました。

困難な事態であればあるほど、効力を発揮するEdTechは原初的な段階であっても、学生たちに改めて示して、多チャンネルの経験値を就職にも活かしてもらいたいです。その思いから、著者はがんで入院中も、オンライン授業を継続して、一回も休講にしなかったのです。今回最初のがん治療こそ、巻き込んだ弱者から最大多数に最大幸福（／リスク最小）をもたらすため、虚勢を張るにもリミッターが調整できました。結果、著者ががんに罹って巻き込んだ関係者の多くに、最善の幸福をもたらしたのではないでしょうか。

全身麻酔から覚めた時、個室で一人でした。

麻酔が完全に醒めたら、執刀医から手術の結果の説明があるはずです。

その時！　iPadが鳴って、SNS（Social Networking Service）に4年ゼミ生から、ES（応募する企業へのエントリーシート）の添削願いがありました。

手術の成否が不安でしたが、「自分を心配するのは一日一時間でいい」（樋野興夫『がん哲学外来へようこそ』p.30.）とあるように、進歩したがん患者の著者は、添削をして、不安を忘れられたのです。

すると、看護師さんが来て、「前田さん！ 何してるんですか？」

「ゼミ生のESの添削指導です。」

「そうやん、前田さん、近大の教授やったんやね。

私も看護大卒です（から、理解できます）。」

以上の言動は、些細な事象ですが、原初的な快楽の追求など飛び超えて、著者が巻き込んだ周囲に少しでも幸福をもたらし、アリストテレスが期待したような、ひたすら徳を積む高次の志向倫理として再評価できるのではないでしょうか。

実は、オンラインで授業を継続したのには、スケジュールの事情もありました。著者が入院中、授業を休講にしても、補講をすれば、対面ライヴは担保されます。しかし、前期の補講日は一日しかなかったため、複数授業の補講が同時限に重なり、全員が参加できません。よって、重複した補講授業を履修していた学生には、不利益が生じるのです。そこで、学生センターの事務長さんや課長さんとも相談の上、ならば、コロナ禍で得た経験値を活かして、内容は多少変更されたとしても、履修者全員が公平に参加できるメディア授業をもって継続しようとなったのです。ポリティカル・コレクトネス（political correctness：政治的公正）と同様の考えに基づく**〈信念〉**の決断でした。

　そして、それが著者のがん治療に巻き込んだ履修学生の弱者から最大多数に、最大の幸福をもたらす志向倫理の解決策になるとと結論付けられたのです。但し、メディア授業といっても、著者が対面のライヴ授業でウリにしている！　ここだけの話は、記録に残るオンデマンド授業には馴染みません。よって大人数の履修科目は、再開した対面授業でもネタにできるよう、Google classroomに課題投稿を促し、それを読んで病室から解説も書き込む方式を取りました。逆に少人数のゼミは、ＳＮＳで、質疑応答を繰り返したのです。

　また２０２２年5月当時は、コロナ対策で、病棟が面会謝絶の密室に準じた空間です。言わば〝竜宮城〟にもできる環境でした。

　そこで、もし授業も休講にして、期間限定でも社会とのチャンネルを遮断したら、いつ著者に原初的な快感原則に沿った本能が、首をもたげて来るかわからないでしょう（拙著『楽天的闘病論』pp.45–61.「看護師（又は研修医）とは、疑似恋愛」参照）。人間ですから。よって無意識に、その恐れからも、オンラインでも授業を継続する決断に至ったのかもしれません。

　著者は入院中も四六時中、就活ゼミ生のＥＳを添削していましたし、必要に応じては入院中の病室から、ＳＮＳのビデオ通話で模擬面接もしていました。

　そして前述のように、巡回の看護師さんから、「何やってるんですか？」とびっくりされましたが、術後すぐでも学生指導を継続している姿勢は、結果的には病棟でも賞賛されました。この社会的な役割を果たすひと角の人物だと承認された成果は、16年前の准教授時代とは違う倫理的な進歩だとラベリングできるのではないでしょうか。

原則として人間不信の著者には、友だちがほとんどいません。ですから、入院中も連絡を取り合う相手が、妻以外にはいないのでした。よって、ゼミ生の就活相談、具体的にはESの添削について、いつSNSで、マンツーマンの指導をしていても、まったく苦にならないのです。

そして、はじめてのエントリーで、小さい企業でも、社長面接まで行って、著者が多少なりとも添削指導したエントリーシートを、社長に褒められたなどと聴くと、就職指導も教員冥利に尽きるのです。

さらに内々定が出て、先生のおかげです！って、感謝をSNSで受けることが、著者にとっては、最もがんの苦悩を忘れさせてくれるのでした。

入院中でも、著者が添削したら、全員絶対にエントリーシートは通ると自分に言い聞かせて添削していま す。がんが治ると言い聞かせるより、言い聞かせ甲斐があります。それは社会的な職業意識であり、ヘーゲルの承認の倫理学にも適《かな》うでしょう。

しかし、著者の添削は、学生の原文を模範解答に書き換えるのではありません。どんなにメチャクチャな下書きでも、内容を変えずに、並べ替えて筋を通したり、若干語彙をアップグレードするくらいです。

現在、近畿大学のキャリアセンターは学生のニーズごとに、細かすぎるほど臨機応変に対応をして下さいますが、旧態依然とした就職指導をしている学校の話も聞きます。そこで著者は、昔の熱血就職部のように、全学生が模範解答を書けるようなスパルタ教育はしません。

今時は、どのような内容の学習においても、個人に応じたスタディ・サプリの様なメディアで習得すれば十分ですし、むしろ効率的だと思います。それでも人間、特に若い人たちが同じ指導を受けて、画一的な学習することにどの様な意味があるのでしょうか。

これは、特に就活に当てはまると著者は考えています。

かつてのように熱血就職部が全学生に呼びかけて、同じ指導をするのは、効率的とは言えず、意味も意義もなさないのではないでしょうか（拙著『脱アルコールの哲学』pp.112–113. 参照）。なぜなら、学生が全員、同じように就職対策して、同じ模範解答が書けるようになったとしても、全員が同じ会社に就職できるはずはないのです。まだ、大学受験の方が、全員が同じ授業を受けて、模範解答を書けるようになった全員が京大や阪大に受かることはあり得るのかもしれません。

そこで著者は、ゼミ生の個性を知っている担当教員（の中で、自主的できる教員に限ってです）が、ゼミ生、個人個人の希望に合わせて、ESを添削したり、模擬面接したりして個性を研くことが大切だと心得ています。その結果、最初の固有種または、変異種を育てて採用市場に送り込めば、唯一無二の人材として採用されるという三方（売り手と育て手と買い手）良しのサクセスストーリーを、臨床社会学者の著者は描いているのでした（注：もちろん近大のキャリアセンターは、学生が求めれば、著者と同様にオーダーメイドの就職指導をしてくれます）。

そして今回、最初の入院中に限って言えば、待ったなしで著者が添削したESは、すべて書類審査を通過して、全員面接までたどり着きました。ひと安心で、がんの自己治癒力にもつながります。とにかくまずは、採用側に面接で出会えるまで、エントリーを受理されるよう指導するのが、臨床社会学者としての著者の役割だと勝手に自負しています。

その後の面接は、場数です。各自のペースで、覚醒するまで、ひたすら場数を踏むことです。

また、面接では、決して偽った人格を演じて採用されることのないよう、著者は勧めています。なぜなら、作り込んだ優等生のキャラクターで採用されたら、その後も職場では、作り込んだ優等生のキャラクターを求められるため、偽り続けなければなりません。結果、本来の自分とは分裂してドツボにハマる危険性が高くなるでしょう。それで銀行の受付業務を辞めた卒業生も多かったのです。だから、気を付けて欲しい。素のままの魅力を上手に表現して、伝わるまで場数を踏んで、評価してくれる運命の会社に行き当たるまで、面接を繰り返すのが王道でしょう。とにかく、伝えたいことを全部言えるまで、面接は場数を踏むのです。そのプロセスは、恋愛経験を経て、結婚にたどり着く人生と同様かもしれません。焦って、小手先のテクニックに頼ったら負けです。先にうわべだけで選ばれた場合、後に見つかったはずの運命の相手には、出会えなくなるからです。

入院中も、教授としては不死身です。繰り返し確認しますが、文字通り、教え授ける職の最適化とは、学生と直接に関わる任務の最大化（／トレードオフに、それ以外の任務はできるだけ最小化）だと著者は考えます。よって執筆活動においては、教科書としても使える（わかりやすい）本しか書きません。そして入院中も天職を全うしてこそ、志向倫理に適う超病の域だと言えるでしょう。

16年前の准教授時代、1年間大学を休職して、ステージ4に近い下咽頭がんを乗り越えた時とは違い、今回最初の入院中は、大学を休職はおろか、授業を休講にもしませんでした。著者の勝手な〈信念〉です。もちろん休講、延いては休職して治療に専念した方が、完治できる病状もあるでしょう。ここで著者が示しているのは、現代の闘病や超病には、「手段」にも多様性があるということです。

そして今回、新たな選択肢を例示できたのは、コロナ禍の2年で、メディア授業、オンライン授業の経験値があったからです。そして次節の通り、切迫した環境下では、オンライン授業の方が、正確な情報交換を効率的に行える場合もあることが、再認識されました。但し、余談が少ない分、思わぬ新展開を望むには不向きです。

待ったなし！ 就職指導のメディアでは、〝分刻みで！〟常勝志向

2022年6月1日に始まる正規の採用。就職活動です。もちろん、水面下では、採用が進んでいます。しかし5月11日の入院日は、正規の採用開始の直前、最後の駆け込みＥＳ（エントリーシート）を添削する時期でした。

ガンマンの著者は、前田研究室でスロースターター（出遅れ組）の4年ゼミ生を放ってはおけません。

前述、ヘーゲルの倫理学から、承認とは他者に社会的な役割が認められることであり、その証左として有意義な職業に就くことがあるとするならば、著者の場合は教授職を続け、学生の多くは就職を目指すことが

承認に値するでしょう。職業観の位相は違いますが、マックス・ウェーバーも、邦訳『プロテスタンティズムの倫理と資本主義の精神』の中で、倫理的な義務としての「天職」（Beruf）を全うすることが、ざっくり言うと近代合理主義を切り拓いたとその過程を分析しています。

そこで、がんと対峙する病棟においても、職業意識を貫徹することが、高次の志向倫理だと認識できますし、意識下において病気を上書きできる（忘れられる）**極めて合理的な倫理観の確立**、延いては**超病の倫理学**に適《かな》うと著者は考えました。

特に前田研究室に所属するゼミ生への指導継続なくして、著者自身が倫理的に満たされた入院生活、治療生活は担保されないでしょう。

〈4年ゼミ〉

就職指導については、まずは、キャリアセンターに相談するよう促すのですが、「自分の事（個性）を、大学（教職員の中）で一番知っているのは、（ゼミ教員の）前田先生やから……」と言われると、ＥＳなどの就職指導をしないわけにはまいりません。

繰り返しますが、この時期は採用面接も正規には解禁直前ですが、水面下では既に内定が続出しています。そして、残されたスロースターターの学生たちのＥＳ提出は、最終局面に差し掛かり、放ってはおけないのです。

但し、自分が採用側なら、どういうESを選ぶかという視点を常に構築できたら、学生自身で「自己添削」できるはずです。そのためには、自己を相対化するスキルを研くのです。

そして、実はこの「自己添削」こそが、唯一無二の筆致や文体を生むのでした。

自分の筆致に、他者の手を入れたら、亜流が身についてしまうリスクが生じます。個性も軽減されて行くかもしれません。だから著者は、学生にも原則として、「自己添削」を勧め、それでも添削してもらうことを希望する正規のゼミ生のみ、〝コツ〟をつかむまで最低限の添削をするのでした。

そして、自己を相対化する技術は、どんな難局でも使えるのです。

面接であっても、自分が面接官なら、どんな受け答えをする学生を採用するだろうかと考えることができたなら、面接官にできるだけ要点が伝わるよう話せて、学生だけが分かる独りよがりの答弁など用意できないはずなのです。

面接では、結論を先に言う鉄則などが然《しか》りです。時間をいくら掛けてでも、話の流れをすべて共有する事も、親密な人間関係においては大切でしょう。しかし、効果的なコミュニケーショが原則の就活や授業は違うはずです。説明が長過ぎて、いつになっても結論にたどり着かない教授の講義などは、多くの学生が寝てしまいます。この場合、皮肉にも学生が、面接官の視点を構築できているのです。だったら、学生も自分が話す側に回った場合は、例えば結論から先に言って、相手が飽きない程度の説明に止めておくのが有効なコミュニケーションだと悟れるはずではないでしょうか。それが、自己相対化であり、自己添削に繋がるのです。

そして、やはり筆力についてですが、著者は、高校時代に全国放送の深夜ラジオ『オールナイトニッポン』で、はじめてハガキを読まれるまでに、2年も掛かりました。しかし、その間、誰にも添削などしてもらっていません。自分がディレクターや放送作家なら、どんなハガキを採用するだろうかという視点を立て続けて、2年間「自己添削」した結果、全国放送の深夜ラジオで中島みゆきさんを筆頭に、パーソナリティたちからレギュラーで読まれる作風を構築できたのです。これも自己相対化の成果でしょう。

実は、研究論文も同様です。わがままな著者は、卒業論文も修士論文も提出前、指導教授に一度も見てもらっていません。すべて自己完結させて提出しました。本当は提出日まで書けていなかっただけですが、その結果、修練された「自己添削」のスキルは、学会誌に投稿する学術論文にも適用できたのです。すべての投稿論文は、自分の脳内で、査読委員ならどんな内容や表現を評価するだろうかと常に考えながら、書き上げました。もちろん、投稿者は皆さん、同じ様な相対化の思考実験をされているでしょうが、著者は自己相対化の年季が違います。受験勉強を放棄して、深夜ラジオに投稿三昧の高校時代からはじめていたのですから。結果、大学院生時代、学会誌に投稿した内容で、却下された論文は一本もありません。

そして最終的には、誰の真似でもない唯一無比の筆致や文体、延いては作風を確立できた事は、拙著をご覧になれば、少しでもご理解頂けるのではないでしょうか。もちろん、良し悪しは別です。主観で評価して下さい。

このように「自己添削」の効用を学生たちに説明した上で、それでも希望する正規のゼミ生にのみ、コツをつかむまでは適度な添削をするのでした。

〈3年ゼミ〉

対面では、教員に聴きにくいし、答えにくい質疑応答は、オンラインで試してみましょう。口では言えないことを、手紙にするのと同様です。そしていずれも、コロナ禍における、ここ2年半のメディア授業が経験値となり、教員と学生、どちらも多少なりとも自信をもって臨めたはずです。

以下、当事者の許諾を得たSNSの内容のみ、匿名で再録します。

但し、個人情報保護の観点から、当人が特定できないよう一部を婉曲《えんきょく》的に加工して、また企業名も特定できないよう、業種までの表記に限りました。

そして、すべては、2022年度の出来事です。

これらは、著者にとって、病気を上書きする倫理観の確立、即ち超病倫理学を裏打ちするドキュメントで、貴重な資料になります。よって多岐に及んでも、可能な限り再録しました。

〈就職指導〉（随時：入院中も、病室が個室にしてもらえたため、24時間受け付けました。）

実は、時事問題を扱う臨床社会学者が、自身の〈筆力〉をアップデートするためにも、時々刻々と変化する学生たちのＥＳを添削し続けるのは、最適な手段の一つだと考えています。しかも、適度な添削は、ゼミ担当教員からの推薦状代わり（前述、ゼミ生からの添削願い「自分の事（個性）を、大学（教職員の中）で一番知っているのは、（ゼミ教員の）前田先生やから……」にも呼応）となって、採用側にも学生の個性を分かりやすく示すことになり、結果として学生にも教員にも採用側にも、三方良しで超倫理的な工程だと言えるのではないでしょうか（注：著者は滋賀県出身で、近江商人の三方良しという発想に準じています）。

そして、ゼミ生たちとの〝分刻み〟のやり取りがあったからこそ！　著者は直面しているがんに対する恐れや不安を、常に忘れることができました。

がんを乗り越える「自己治療」（self -medication）のドキュメントとして、以下、貴重な資料を〝分刻み〟に再録します。ＥＳの添削は「わたしならこう書く」と題して行いました。

Aさんの相談

5月11日：18時22分　ES添削願い

手術前に申し訳ないのですが、志望動機の添削をして頂くことは可能ですか？

〈建築用板ガラスのトップメーカー（400字中400字）〉

私は多くの人の住環境を支える仕事がしたいと考えています。その理由は新築である自宅と建築年数が古い友人宅の住環境設備の機能のレベル差がこんなにもあるのだと驚愕したからです。

また、貴社は独自の営業スタイルで営業力だけでなく、市場分析力などに注力しており、顧客を支援されていることに共感し、自身の成長の観点でも幅広い能力を養えると考えました。

そして何より、貴社の製品は住環境だけでなく地球環境にも貢献しているエコガラスに魅力的に感じております。

しかし私はすぐに成果を出すことが困難な仕事であっても私の強みである「粘り強く目標達成向けて突き進む力」とスポーツ用品店販売員のアルバイトで培った「お客様の要望を見抜く提案力」の2つを活かして営業職として活かせると考えています。営業として一人前になった際には、自分が自信を持って商品を提案して売上を伸ばし貴社のファンを増やせるような営業職になりたいと考えております。

《注意》　添削に入る前に、ADHDの著者からの約束。

著者のゲリラ的な添削指導は、時には独創的過ぎて、万人ウケもしません。

それに倣《なら》った結果、はねられる（落とされる）ケースも多々あるでしょう。著者自身の人生がそうでしたから（拙著『サバイバル原論』参照）。

よって、正規の前田ゼミ生（3、4年生）の中でも、著者の発想を理解する希望者のみ！信頼関係を前提にして、添削指導します。

決して、正規の前田ゼミ生以外には、添削しません。結果が伴わず、どんな形であれ、クレームをつけられるのは心外ですから。

5月11日：18時59分　前田のES添削

新築である自宅と建築年数が古い友人宅の住環境設備において、ガラスの安全性にレベル差がこんなにもあるのだと驚愕した記憶があります。そこで、貴社の製品には、住環境における安全性はもちろん、地球環境にも貢献しているエコガラスがある事に魅力を感じております。

そして、エコガラスを広めるため、貴社は市場分析力などにも注力しており、常に顧客を支援されていることに共感し、自身も貴社と顧客と一緒に成長できると考えました。

もちろん、新卒の私はすぐに成果を出すことが難しいかもしれません。しかし、スポーツ用品店販売員のアルバイトで培った「お客様の要望を見抜く提案力」と「粘り強く目標達成向けて突き進む力」は、営業職に活かせると考えています。少なくとも、自信を持って商品を提案する馬鹿力はあるつもりです。結果、売上を伸ばし貴社のファンを増やせるような営業職になれれば、本望です。

以上、毎度ですが、わたしならこう書くです。

前半、ガラスへのこだわりをアピールして、後半、営業の本気度をアピールしました。短文なので、二本柱くらいが読み手に印象を残すでしょう。

字数は減ったかもしれませんが、大量の応募書類を処理する採用側は、端的に魂がこもった文章を喜びます。参考まで。

5月16日：21時48分　ES添削願い

〈総合建材のトップメーカー〉「志望動機」

祖母の家で窓ガラスが割れてしまったことをきっかけに「より多くの人の生活を守る仕事」に興味持っています。

この点で貴社はシャッター事業と止水事業を展開しているため志望しています。

それに加えて、エコ防災というような新事業へのスピード感はリーディングカンパニーにはない強みを持っていることを説明会でおっしゃっておりました。特に私が一番魅力に感じたことは実際のエピソードを踏まえて風通しがよく社員同士の仲の良さを伝えて頂いたことです。貴社であれば萎縮することなく、自分の考えやパフォーマンスを発揮できると考えています。

入社後は私の強みである「目標達成に向けて粘り強く取り組む」こととアルバイトで培った「お

客様の要望を見抜く提案力」を活かしてお客様の要望を製品を提案し続けることでお客様の信頼を勝ち取り、製品と会社のファンを増やせるような営業として活躍したいと考えております。

5月16日：22時29分　前田のＥＳ添削
〈総合建材のトップメーカー〉「志望動機」

第一に、貴社が展開しているシャッター事業と止水事業に惹かれました。

理由は、大好きな祖母が、家の割れた窓ガラスで大怪我をしてしまった事からです。その時、将来はより多くの人の生活を守る安全尊守の仕事に就くと決めました。

加えて貴社は、リーディングカンパニーがあまり重視しないエコ防災というような生活を守る新事業へも、いち早く乗り出しているというニュースを説明会で聴きました。

そのために、実際のエピソードを踏まえて、社員同士が意見交換できる社風も伝えて頂きました。その様な貴社であれば、自分も萎縮することなく、人々の生活を守るためのアイディアやパフォーマンスを発揮できると考えています。

入社後は、私の強みである初心（安全尊守）を忘れず、「目標達成に向けて粘り強く取り組む」ことと、アルバイトで培った「お客様の要望を見抜く提案力」を活かして、お客様の生活を守る製品を提案し続けます。その製品でお客様の信頼を得ながら、生活を守る貴社のファンを増やすことが、人類すべての安全につながると信じて、営業活動を行いたいと考えております。

以上、わたしなら、こう書くです。多少脚色しました。

話があちこちに飛ぶと採用側は、人物像を測りかねます。

徹頭徹尾「人の生活を守る」で押し通した方が、信頼されると考えました。あくまで参考まで。

5月16日：13時41分　ゼミ生からの報告

今週は、熱エネルギー機器のトップメーカーから、エントリーシート通過のご連絡いただきました。

それと、今週総合建材メーカーの先輩社員懇談会がありますが、その懇談会でなにか心がけて行ったこととかあるか伺いたいです。

5月16日：13時50分　前田の回答

熱エネルギー機器のトップメーカー、ES通過おめでとう！

懇談会では、一緒に働きたい社員たちかをAさんが見極めてください。

ギャグとか、他愛もないことが通じるかが、一日中いる職場では大切です。

もし、一緒に働きたいと思える社員さんたちなら！

皆さんと一緒に働きたいアピールをしましょう！！

笑いのセンスとかが、まったく合わないようなら、その職場は回避する方が無難でしょう。もちろん、採用側もAさんが一緒に働きたい人物かどうかを見ています。

5月16日：21時46分　ES添削願い
〈苦しいときに自分とどのように向き合ってきたか？　どのように工夫して乗り越えたか？　を教えてください。
（300字以内）〉

高校のサッカー部で後輩とレギュラー争いをしたことが私にとっての苦しい経験です。後輩と争っていることに屈辱もありましたが、私は自分が成長できるチャンスだと捉えて向き合いました。そこで自分の強みと自分がチームに求められていることを分析しました。その結果、サッカーの技術はもちろんであるが、「流れを引き寄せるような声かけ」だと考えました。そこで練習から一番大きな声を出しながらも的確な指示を出すことを意識しました。もちろん、声を出すことをやめたら楽に練習に取り組めるが、自分が試合に出て活躍しているイメージを持つことで前向きに練習に取り組みました。その結果、レギュラーとして安定して試合に出場することが出来ました。（２９８文字）

しかし、後輩と争っていることを屈辱とは考えず、自分が成長できるチャンスだと捉えて向き合いました。

5月16日：22時17分　前田のES添削

私にとって最も苦しかった経験は、高校のサッカー部で後輩とレギュラー争いをしたことです。まず先輩として、後輩には出来ない強みは、「流れを引き寄せるような声かけ」だと考えました。そこで練習から、一番大きな声を出しながらも、的確な指示を出すことを意識して続けました。その結果、気がつくと、自分の声かけがチームに必要不可欠となり、自然とレギュラーとして試合に出場する流れが出来たのです。サッカーの様なチームプレーには、個々人の技術だけではなく、ムードメーカーも必要だと学びました。

わたしなら、こう書くです。

的確な声かけ要員は、御社（組織やチーム）でも必ずお役に立てる！と暗にアピールしています。

字数は、少なめになったかもしれませんが、長いだけより端的に表現する方が、大量の応募を処理する採用側には好まれます。あくまで参考に！

Bさんの相談

5月19日：0時5分　ES添削願い
◆ガクチカ（学生時代に力を入れたこと）
私が学生時代に力を入れていたことはスーパーでのアルバイトです。

世の中の食のトレンドに興味があったのでこの仕事を選びました。

私は繁忙期であるクリスマス時期にお客様に行事商品の購入を促進させる役割に任命されることになり、20点の商品を売る使命を与えられました。

私はその店で働く従業員からどのような客層が来ているかを聞いた結果、子供連れで来る客層が多いことが判明し子供の身長に合わせて商品を並べることにより前年度の売り上げ速度を3日上回る速さで売ることができました。

この経験から、お客様のニーズを考えて商品を配列し、購買欲をそそらせることができるかということが大事だということを学びました。

◆自己PR
私の強みは適応力です。

この強みはスーパーのアルバイトで身につけました。

私は2回生になってすぐに惣菜部門から品出し部門へ人事異動しました。

異動した時、周りの人は在庫管理で忙しく、僕は仕事を教えて貰わず人のやり方を見て覚え行動しました。

この結果私は人に教わることなく仕事を覚え周りの人からの信頼を得ました。

この経験から私はどのような環境に置かれても適応できるようになりました。

5月19日：0時36分　前田のES添削

◆ガクチカ
世間の食トレンドに興味があったので、スーパーでのアルバイトに力を入れました。

そして繁忙期にあるクリスマスの時期、20点の商品を売る使命を与えられたのです。

対策として、まず正社員から客層を聞いた結果、例年子供連れで来るお客さんが多いことが判明しました。そこで、私は子供の身長に合わせて商品を並べることにより、前年度の売り上げ速度を、3日も上回る速さで売ることができたのです。

この経験から、お客様のニーズを考えて商品を配列すれば、購買欲をかき立てることができるというポイントを学びました。

ムダを省き、Bさんが興味ある分野では、与えられた仕事に独自の対策を立て、要点を絞って成功体験を得ている事実を、採用側に理解させる文章にブラッシュアップしてみました。

◆自己PR

適応力です。

この強みも、スーパーのアルバイトで身につけました。

2年生の時、突然惣菜部門から品出し部門へ、人事異動がありました。

異動先は、在庫管理で忙しく仕事を教えてもらう暇もなかったので、ひたすら人のやり方を見ては覚えて行動し、信頼を得られるようになりました。

この経験から、人に教わるだけでなく、人をしっかりと観察できれば、自力で仕事が覚えられる適応力を体得できたのです。

端的にまとめた方が、相手の記憶に残ります。

どちらも採用側に、学生時代、使えるスキルを身につけたという事実を告知できれば！　勝ちでしょう。

以上は、私ならこう書くなので、あくまで参考にしてください。成功を信じています！

Cさんの相談

5月21日：10時28分　ES添削願い

実は昨日自己PRを書こうとしたのですが行き詰まっており、そこで質問に答えて作成するツールを使用しました。

それで文章はできたのですが不自然で薄い内容で、何から変えたら良いのかわからなくなった状況です。

私の強みは周囲の人とよい関係を築けることです。私は、人との関わり合いにおいていつも笑顔で接することができます。特に所属クラブ・部活・サークルの場面で発揮しました。私は軽音楽部を10年間、週に6日のペースでしていました。70人以上で、お客様に聞いていただく演奏会や、演奏レベルを競い合う大会に向けた練習をメインに活動していましたが、その中でパートごとに、ひとつの音楽を作り上げる際の意識がバラバラである、などの課題がありました。私はみんなの意見をとりまとめる役割を担っており、色々なパートから現状や課題を聞き出し、練習メニューに反映したり、工夫したりしました。その結果、色々な人に合った練習ができ、初心者の人もステージに立ちお客様の前でしっかりと演奏することができました。何かを進める上でまず、色々な事情を取り上げてより良い判断をしていきたいです。

5月21日：11時22分　前田のES添削

私の強みは、周囲に人がいると自然と笑顔になって、誰とでも良い関係を築けることです。つまり、どの様な環境にも適応する全方位外交が自然とできるのです。

例えば、総勢70人以上の軽音楽部を10年間、週に6日のペースで練習している環境においても、自分の存在意義が見出せました。

お客様に聞いていただく演奏会や、演奏レベルを競い合う大会に出場する練習中、パートごとに、ひとつの音楽を作り上げる際の意識がバラバラである事が良くありません。しかし、全方位外交のできる私が、色々なパートの現状や課題を聞き出しまとめることによって、皆が納得する練習メニューに改善することができたのです。

色々な人に合った練習ができた結果、初心者の人もステージに立ちお客様の前でしっかりと演奏することができました。

今後も、何かを進める上でまず、色々な事情をくみ上げて、最大公約数になるより良い判断をしていきたいです。

わたしなら、こう書くです。あくまで参考に。

実社会で使いものになるスキルを持っているという事を、事実に即してPRしなくては、採用側は認めてくれません。

断続的に治療が続いているため、合間を縫っての添削になりました。ごめん。

対面が必要なら、今すぐなら短時間ですが、看護師さんが巡回に来るまで、SNSのビデオ通話できます。

ゆっくりなら、午後1時半くらいがビデオ通話できます。

5月21日：16時16分　ES添削願い

◆これは学生生活打ち込んだことです

私が学生生活で最も打ち込んだものは、サックスの演奏です。軽音楽部に所属し10年間、音色の追求を続けました。

初めは右も左も分からずただ音を出していましたがある日、舌の位置によって音色が変わることに気がつきました。

その後息を吸う量、吐く量、吸い方、吐き方全てが音に直結していることを感じその日から私はサックスの演奏に続き研究を始めたのです。

頭を使い、考えながら練習をすると練習の質がグッと上がりそれまでの数十倍の成果を得られる気がしました。

練習の為に早朝から朝練習することも増え、その練習の成果により楽器がより好きになりました。

このことから、「何かを極める」ということの大変さ、思考の変化によって成果が何倍にも広がることを学びました。足し算ではなく掛け算にしていく思考力を活かしていきたいです。

5月21日：16時30分　前田のES添削

私が学生生活で最も打ち込んだものは、サックスの演奏です。軽音楽部に所属し10年間、音色の追求を続けました。

初めは右も左も分からずただ音を出していましたがある日、舌の位置によって音色が変わることに気がつきました。大いなる発見です。

その後息を吸う量、吐く量、吸い方、吐き方全てが音に直結していることを感じその日から私はサックスの演奏に続き、研究を始めたのです。

頭を使い、考えながら練習をすると練習の質がグッと上がりそれまでの数十倍の成果を得られる気がしました。

このことから、「何かを極める」ということには、発見の瞬間があり、それが探究につながれば、思考は進化して、成果が何倍にも広がることを学びました。足し算ではなく掛け算にしていく思考回路を、次なる課題に活かしていきたいです。

原文は、格段に上達しています！

本筋は問題ないので、採用側の企業でも使えるスキルだと思わせる仕掛けを加えました。その分、減らした文章もあります。

「気づき」もいいけど、「発見」はより明確な能力です。

「思考回路」は、その応用可能性を暗示して、次なる課題を御社から出してくださいと言わんばかりの締めで、食いついてくれるでしょう。

毎度ですが、わたしならこう書くです。参考までに。

5月24日：11時32分　2次面接でのアピールポイント相談
御社を志望した理由は、事業内容と御社の人間力です。

事業内容にはもちろんですがそれ以上に
社長、社員の方の人柄に大変魅力を感じております。

これまで就職活動をしてきた上で、何か堅苦しさを覚える企業や、空気が冷めている、と感じる企業が多くありました。

しかし御社の説明会を受け、企業を知っていくうちに他にない「温度」があることを感じました。

まず就職活動アプリ内で御社の説明欄を読んだ時から熱い想いは伝わっておりましたが、説明会で波瀾万丈ながらも工夫と決断により幾つもの波を乗り越えてきたという事を知り、わたしがしたいことはここにあるのではないかと感じました。

私は一定の安定感のある事よりも波があったり壁がある方が取り組む意欲が湧きます。

なので御社に入社したら、他にはない御社の魅力を増大できるような熱意のある人間になりたいと考えております。

5月24日：12時22分　前田の面接助言

御社を志望した理由は、事業内容と社長さんと社員の方々の人間力です。

これまで就職活動をしてきた上で、何か堅苦しさを覚える企業や、空気が冷めている、と感じる企業が多くありました。

しかし、御社の説明会を受けて初めて！　社長さんの〇〇というご発言や、社員さんの△△に共感して、一緒に働かせて頂きたいと思いました。

就職活動アプリ内で御社の説明欄を読んだ時から熱い想いは伝わっておりましたが、説明会で、波瀾万丈ながらも工夫と決断により幾つもの波を乗り越えてきたという事を知り、私が軽音楽部で苦労した経験値と重ねられたのです。

私は一定の安定感のある状態よりも、波があったり壁がある方が取り組む意欲が湧きます。

よって、御社に入社させて頂けましたら、軽音楽部での成功体験を活かして、共に苦難を乗り越え、成果を上げられる人間になりたいと考えております。

今日は、終日治療のため、急ぎの添削です。

間に合わなかったら、ごめんなさい。

わたしなら、こう書き、こう言うです。

どの会社も、一緒に仕事をしたいと思える人を採ります。よって、以上の様に考えました。

5月25日：10時40分　ES添削願い

印刷会社の志望動機なんですが

私は小学校の頃、社会見学で新聞社に行った際に4枚の透明のフィルムにそれぞれシアン・マゼンタ・イエロー・ブラックの着色がされている物を頂きました。その時初めて印刷は4つの色が使われていることを知り、目に見えるすべてのパッケージにはそういった印刷が行われている事に驚きました。そのような体験から、パッケージにおいては目に見えない部分や、気がつかない部分までこだわることでお客様の安全、衛生をサポートしたいと考えるようになりました。

貴社に入社させて頂いた際には、印刷についてもっと深く学び、理解し、お客様と真摯な向き合う事で製品に関わる全ての人を幸せにしたいです。

11時04分　前田のES添削

私は小学校の頃、社会見学で新聞社に行った際に、4枚の透明のフィルムにそれぞれシアン・マゼンタ・イエロー・ブラックの着色がされている物を頂き、その印象が忘れられません。

その時初めて、印刷は4つの色が使われていることを知り、目に見えるすべてのパッケージにはそういった印刷が行われている事に驚いたのです。

その体験から、目に見えない部分、気がつかない部分までこだわるパッケージで、お客様により安全で衛生的な商品を提供できる魔法使いの様な仕事に惹かれていました。

貴社に入社させて頂いた際には、印刷についてもっと深く学び、お客様も気がつかないうちに幸せになれる製品を提供したいです。


わたしが勝手に、貴女の個性に照らし「魔法使い」などアレンジしてみました。あくまで参考まで。

Dさんの相談

5月24日：22時11分　ES添削願い
長所に関しては、コミュニケーション力、協調性。
部活動で新入生が入部してきた際に、部活にすぐ溶け込めるように精力的に動いた。

5月24日：22時39分　前田のES添削
新卒には、誰でも書ける漠然とした模範解答より、大した事なくても自分だけの具体的なエピソードが、採用側から貴方だけへの信用につながります。
例えば、
部活動で新入生が入部した際、誰よりも早く名前を覚えては、呼びかけて、新チーム全体の協調性を高めて参りました。

わたしならこう書くでした。参考まで。

5月24日：23時09分　ES添削願い
では、短所に関するエピソードも、具体的の方がいいのですかね？
短所を書いて、その短所を克服するための解決策のほうがいいですかね？

5月25日：0時10分　前田のES添削
就活で短所を聞くのは、ご法度になっているはずやけどなあ。

以下、わたしなら、こうかわす！　参考まで。

長所

協調性（コミュニケーション力も、可）

部活動で新入生が入部した際、いつも誰より早く名前を覚えては、呼びかけて、新チーム全体の協調性を高めて参りました。

短所

八方美人

新入生をすぐ覚えて仲良くなると、八方美人だという（短所に当たる）陰口も聞こえて来ました。

そこで、皆も覚えられるよう、新人の名札は大きくしました。

短所は、長所の裏返しで！

さらに克服したエピソードまで書ければ、万全でしょう！！

とにかく、短所がわかっているなら、なんで直さへんねん!?　と突っ込まれたら終わりです。

直したら、長所も消えるか、直す試みを書かないと、突っ込みをかわせません。

5月25日：1時19分　ES添削願い

◆これまでに個人として力を入れて取り組んだ活動や経験について

アルバイトで店舗に本部から監査が来て店舗の安全面を評価していくのですが最低評価を受けた後に、店舗の安全面の担当に任命されました。そこから評価を上げようと本部が出す基準以上のことをしたり、他店の対策も参考にしたりするなどして、次の監査の評価で最高評価を得たことです。

5月25日：1時47分　前田のES添削

◆これまでに個人として力を入れて取り組んだ活動や経験について

アルバイトしている（例：コンビニ）店舗が本部の監査で、安全面で最低評価を受けた後、アルバイトにもかかわらず、安全面の責任者に任命されました。そこでまず、他店の〇〇（対策）を参考に、さらに上を行く△△を実施したところ、本部の基準を遥かに越えて、次の監査で最高評価を得ました。

まず、何のバイトかわからなければ、評価しようがありません。

そして、短くても具体例がないと、採用側は信用しません。
具体例を入れるため、重複や無駄な文は省きました。
また、「アルバイトにもかかわらず」「責任者」や、「他店のさらに上を行く」で、Dさんの才能は最大限にアピールできるでしょう。
やはり、わたしならこう書くです。参考まで。

5月25日：2時09分　ES添削願い
また、自己PRについてですが。

自分の強みは冷静かつ感情の波がないことです。バイトでどんなクレーム来ようとも冷静に対応し、部活動の際に思い通りに行かないことだらけだとしてもそうでした。この強みを活かし公平中立かつ迅速な紛争解決のための窓口や裏方として職務を行なっていきたいと考えております。

5月25日：2時21分　前田のES添削
（例）自分の強みは、何が起きても落ち着いて対応できることです。バイトでどんなクレームが来ようとも、反論せずに聴き手に徹し、部活動で思い通りに行かない時には、部員一人一人に説明して回りました。この強みを活かして、スムーズな紛争解決のために、公平中立な窓口となり、裏方に徹した職務を遂行していきたいと考えております。

ここも、バイトと部活で、具体的な対応が示されていないと採用側は、信じてくれません。また、冷静や感情という言葉使いは、文学的で、ビジネスシーンには不向きでしょう。

5月25日：23時54分　ES質問

短所についてお聞きします。ご法度なのに申し訳ないです。

自分はよく思われようと思って嘘をついてしまうことが結構あります。これは本当に治したくて治したくてたまりません。しかし頭の中にこれを思ってても口には嘘をついてしまうことがあります。

これが自分の最大の短所なのですが、このような自分の本当の嫌いな部分でもあり短所、しかも社会的には嫌われるような短所ですが、これを面接官に伝えることはマイナスに動くのでしょうか。

5月26日：0時48分　前田の回答

相手に迷惑を掛けない嘘なら、許される場合もあるでしょう。

例えば、自分を良く見せようと英語が達者だと嘘をつくけど、その後必ず嘘でないようにするために、今まで以上に英語を勉強します。

結果、良く見せようとした嘘は、自分の努力目標になり、最終的には長所にして見せます！

と、わたしなら、こう言うでした。

Eさんの相談

5月26日：11時30分　面接の相談

おはようございます。

食料・水・環境のソリューションメーカー第一次面接を6月に受ける事が決定したのですが特に意識する事はありますか？

5月26日：12時57分　前田の助言

そのメーカーは、ライフラインを扱う企業ですね。

わたしなら、タイミングを見つけて！

「家事を手伝う時には、食料の買い出しが主な役割分担で、特に安全なミネラルウォーターの補充は欠かしません。」などと言って、そのメーカーの業務内容にピッタリの人物だとアピールします。

以上、生々しいですが、著者が大学で行っているミクロな就職指導の一端でした。

ESの添削と言う小手先で、直接の就職指導ではないと思われるかもしれませんが、著者は常に実学教育を念頭に置いて行動しています。

例えば、長年オープンキャンパス委員として、オープンキャンパスにはほぼ全日程に参加して、連日の相談コーナーを担当し続けて来た著者です。オープンキャンパスでは、平素の授業では考えられないくらい真剣に、来場者が著者の話を聴いてくれる相談コーナーが大好きでした。今も好きで、オンラインになっていた時期も学科を1人で担って、全日程で続けています。

そこで展開された実学教育のエピソードを紹介します。

近畿大学の本部キャンパスは、近鉄の長瀬駅から来校される場合、徒歩約10分とされています。しかし文芸学部は、さらにキャンパスを突っ切った先にあるので、遠く感じるのでした。

すると相談窓口では、長瀬駅から歩いて来た受験生から、「(文芸学部の)教室にたどり着くまで、徒歩15分以上かかる！」と度々不満を言われます。しかしその都度、著者は、こう答えました。

「前田研究室のゼミ生には、週4日長瀬駅から歩いて、1年間で、5kg痩せた学生もいますよ。」

この話は、著者が奉職した初年度のゼミ生から聴かされて、忘れられないエピソードでした。よって、オープンキャンパスがはじまってからは、常に披露しています。そして、これを聴いて納得できた受験生には、さらに大学での実学教育を解説します。

「普通は、不利に思える条件でも、見方を変えれば、有利になる。そんな思考実験も繰り返せるのが、思想の自由市場である大学の学びであり研究です。

そして今の、長瀬駅から歩いて15分は、マンションならあまり良くない物件だとしても、それでダイエットができるなら、体重を気にしている人にはお薦めの物件になります。それ即ち、不動産業界などのインターンシップでも使えるリフレーミング（捉え方を変えてみる方法）でしょう。就職活動にも直結できるのです。」

これで相談者は、ほぼ確実に近畿大学文芸学部を受験してくれます。

そして、実際に入って来て、前田ゼミに所属した方もいたので、ここに紹介しました。但し、彼女は不動産業界には就職していません。メガバンクの中でも和やかな職場環境の銀行に就職しました。

〈ちょっとした附論〉『履歴書』における〈伏線〉と〈回収〉

『履歴書』の欄（項目）を別々に書く人も多いですが、もったいないです。特に、文芸学部の学生なら、各欄に〈伏線〉を忍ばせて、別項目で〈回収〉する文学的なテクニックを駆使して欲しいものです。

例えば、「研究内容」の欄で、「未解決の社会問題に、独自の解決策を講じること」と書いたら、それを〈伏線〉にできます。そして、一見関係のない次の項目「課外活動」の欄で、「サークル内の○○という問題を、△△して解決しました。」と実例を挙げて、〈回収〉するのです。

すると、一枚の『履歴書』が、読み応えのある物語として、人物評価につながるでしょう。一貫性のある、ちょっとした伝記（偉人伝）のような印象を与えるのです。

また、「私の特徴・長所」の欄では、「調整力」と書いたとします。これも〈伏線〉にできるでしょう。次の項目「ガクチカ」の欄で、「○○して、調整力を発揮しました。」と書けば、立派な物語の〈回収〉になるのです。

学生と病室を結ぶGoogle classroomの課題と解説で、瓢箪から駒

2～4年生配当の科目の中で、『現代文化講読ＩＡ』は、拙著『楽天的闘病論――がんとアルコール依存症、転んでもタダでは起きぬ社会学』をテキストにしていたので、入院中のGoogle classroom配信が、リアル楽天的闘病論として、同時進行できました。

もう一つの講義科目『情報と文化Ａ』（旧メディア論）ですが、平素の授業では、学生たちに毎回メディアを渉猟して、未解決の社会問題を析出し、独自の解決策を講じるミニレポートを提出してもらっています。

ひたすらこれを繰り返すことによって、学生各自の脳内に「問題発見の回路」と（正解でなくとも）「問題解決の回路」を構築してもらうのです。

これは、著者自身がアルコール依存症になった経験値を、健全な依存症に応用する試みです。わかりやすく言うと、少量ずつでも連続飲酒することがアルコホリック（alcoholic）の回路を脳に作ってしまうのと同様に、著者の授業だけでも学生たちが毎度毎度、問題を解決し続けることによって、ワーカホリック（workholic）とまでは行かなくても問題解決依存症の様な回路を、脳内に構築してくれることを期待しているのでした（拙著『パンク社会学』pp.173–174.）。

そして、この作業は〈生涯教育〉にも通じます。アルコール依存症と同様であれば、一度脳内に問題解決の回路が構築できたら、一生消えません。その回路は、一度、自転車に乗れるようになった人は、何十年乗っていなくても、目の前に自転車を置かれたら、すぐに乗れるのと同様で神経系の回路なのです。哲学者モーリス・メルロ＝ポンティが言う身体における暗黙の機能（１９４５）に値するでしょう。よって、いくつになってもニュースに接する度に、無意識にも独自の解決策を思いつくようになってしまえば、不本意なボケの防止、延いては認知症の予防にもなると期待できます。

さて、著者が最初の入院中に出した課題は、がんの緊急手術に沿って少しアレンジした内容でした。就活でも問われる事が多々ある「①今までの人生で最も苦境に立たされた経験②どうやって乗り越えたのか」をGoogle classroomに投稿してもらい、著者の入院生活とシンクロする形で解説し、同時進行させたのです。

【課題】
①今までの人生で最も苦境に立たされた経験
②どうやって乗り越えたのか
★就活のエントリーシートで問われる「苦労したことと乗り越え方」レベルで書いて下さい。

投稿内容を、類型分けしてみると、瓢箪から駒な事実が分かったのです。

投稿44名中。受験：16名。部活：13名。バイト：10名。その他：5名。

著者の予想では、「部活」と「バイト」に二分されると考えていました。ところが、著者が通過儀礼に過ぎないと思っていた「受験」が、最多の投稿になったのです。

さらに受験の中で最も多い内容は、「近大受験に苦労して、どうやったら合格できるかを工夫して、試行錯誤の末、複数回の受験を経て、ようやく近大生になれた。」との趣旨を書いた学生が、9名。少ない母数のため、正当性はありませんが、ざっくりと2割です。

それぞれに再録の許諾が取れなかったので、著者が2割の投稿内容をまとめてみると、以下の通りです。

「近大に受かるために、（日程、配点、共通テスト利用、得意科目の高い評価など）様々な条件の受験方式を試して、やっと合格して近大生になれました。」

志願者数日本一の栄誉を続けている近畿大学に対しては、一人で何回も受験させた結果だと批判されることも良くありません。

しかし、そうまでして、近大に入りたい学生＝熱意の表れであり、入ってくれれば、愛校心にもつながり、独自の校風はおろか、学派を築く可能性さえ期待できるでしょう。一人で何度も同じ大学を受ける。何より も有意義な受験者数のカウントです。よって、著者が常々力説している通り、一人で何回も受験するのは、その大学に行きたい熱意の表れで、批判より称賛されるべきではないでしょうか。それが、入院中の課題提出で、期せずして立証されました。

実際に1980年代、受験生だった著者も、どうしても早稲田大学に入って、マスコミ人になりたいという強い思いから、選択科目に得意の数学があった早稲田の文系学部を現浪合わせて、6回受けました。残念ながら1つも受かりませんでしたが、おかげで全てを客観視（相対化）できて、マスコミ論が専門の社会学者になれたのです（拙著『サバイバル原論』pp.83–91. 参照）。

今回はなんと入院中の特別課題で、答案から瓢箪から駒の愛校心があふれ出て、近畿大学にとっては嬉しいマーケティングリサーチができたのです。しかし、それは極めて合理的な真実の発見だと言えるでしょう。

『情報と文化A』（旧メディア論）の平時は、時事問題の解決法を探る授業でした。よって、教員である著者に有事でもなければ、履修学生に自らの振り返りを求め、共に人生の苦難を乗り越える方法を考えようなどとはしなかったでしょう。結果、近畿大学への愛校心で、教員と一部の学生は信頼関係まで築けたのです。

このように入院中、がんのことが頭を過《よぎ》って眠れない時にも、ｉＰａｄを開けると、誰か学生が投稿している課題の内容を見られるので、気が晴れます。

そこで勝手に夢想するのは、１回受験で、１点でも持ち点を与えれば、10回受験で、10点アップとなり、ある程度の実力がある受験生なら、合格に近づくのではないかという仮想の制度です。１回１点、持ち点を与える大義は、近大に入りたいという熱意の証明点とできるでしょう。もちろん、あくまで夢想です。

さらに、ポイント大好きな日本人には、入学後、エレベーターやエスカレーターを使わないで、階段で昇り降りすれば、１日１点取得でき、60点貯まれば、体育の単位を認定してはどうでしょうか。90点貯まれば、優の評価にするのも目標にできます。発達段階にある学生には、かつては必修であったため、のんべんだらりんと受けていた体育の授業より、日々階段を使うインセンティヴ（動機づけ）の方が、よっぽど健脚に結びつけます。実学教育でしょう。そして、若いうちに備えた健脚は、形状記憶合金のように、歳を取っても機能し続けられるので、生涯教育にも値するのでした（拙著『パンク社会学』pp.125–126. 参照）。

以上は、いずれもＡＤＨＤならではのぶっ飛んだ荒唐無稽なアイディアと思われるかもしれません。しかし、愛校心を点数化して、校風を育てたり、学生にポイントを与えて、健康増進を図るのは、キャンパスの学生たちにおける弱者から最大多数の最大幸福（／リスク最小）につながるＪ・Ｓ・ミル流の功利主義と志向倫理だと、著者は心底考えているのでした。そして、そのような夢想をしている間は、がんの恐怖や不安など忘れています。

スマホ同士のオンラインゼミも、〝分刻みで！〟ディープな世界観を探究

前田研究室の3年ゼミで、著者が入院中の課題は、当時自身の最新刊『サバイバル原論――病める社会を生き抜く心理学』の内容に関する質疑応答です。

著書に何が書いてあるかは、著者である前田が分かっています。ですからゼミ生たちには、本の内容の発表などチープな課題は出しません。それより、著者自身が矢面に立つので、活字には残せなかった表沙汰にはできない部分を引きずり出す「取材力」を身に着けて欲しいのです。さらにゼミ生たちには、メディアには裏があることを見破り、暴く「取材力」を研いでもらいます。日頃、対面でもSNSでも忌憚のない意見交換をしている前田研究室の師弟関係です。著者ががんと対峙している厳しい環境では、さらに今しか聞けない答えられない質疑応答となることを期待しました。そして、これまた、看板通りの展開になります。

〔前田サバイバル中のゼミ課題（SNSに掲示した原文のまま）〕

教科書『サバイバル原論――病める社会を生き抜く心理学』の内容で！
質問がある方は！　SNSの「前田ゼミ」に！！

①名字明記。

②該当ページも明記の上！
③「質問」を書き込んでください。

質問は、今日5月18日か明日中にお願いします。

わたしが治療のない時間に、回答して！ みんなで共有できるので!!
本日の『演習ⅠA』は、質問と回答の既読者を全員「出席」にします。

もちろん質問者は、加点対象です。

万が一、今日か明日の質問者0の場合は、何も共有できなかったので！
全員「欠席」にします（笑）

5月25日（水）も、前田入院中のため、同様の形式です。
ごめんなさい。でも、よろしくお願いします。

以下、2022年度前田ゼミ3年生全員の許諾を得て、SNSの内容を匿名で再録します。

但し、マス・メディアで公表（出版）するのに不適切な内容・表現などは、一部を削除、または婉曲的に加工致しました。

また、テキストとして使用した拙著『サバイバル原論』をお読みでない皆様に、質疑応答の内容を少しでも深くご理解頂くため、原則として著者の回答部分のみ、適度に加筆・修正した箇所があります。

そして、こちらも可能な限り再録した理由は、4年ゼミと同様です（p.32参照）。

ゼミ生たちとの〝分刻み〟のやり取りが展開されている間！　著者にがんへの恐れや不安を、忘れさせてくれました。

がんを乗り越えるの「自己治療」（self-medication）のドキュメントは、貴重な資料であり、できるだけ〝分刻み〟の内容を紹介します。

〈5月18日ゼミ〉

10時26分：Fさんの質問

pp.84–86の先生の浪人時代（1982年）について、ディスコで踊り狂っていたとありますが、現代の私たちがフィールドワークや参与観察に熱くなれるような場所はどこなのでしょうか？　私の場合、知らないバンドのフェスに行くことも、そのような場所になりますか？　踊り狂う以外の方法で熱くなれる方法もあれば教えていただきたいです。

10時51分：著者の回答

フェスで正解ですよ！

踊り狂える場所に集うのは、人類史でも常に聖体示現の場として、神や宇宙につながるチャンネルだと一部の文化人類学者は捉えています。

日本では、盆踊りからディスコ、竹の子族やライヴ会場へと連なっているのでしょう。

バカにする良識派の人もいますけど、阿波踊りの「踊るアホーに見るアホー！同じアホなら、踊りゃな！損！損！！」は言い得て妙です。

コロナ以前、大学で卒業式の後に、謝恩会があった時代。

前田ゼミが幹事になった時、宗右衛門町のホールを借り切り、卒業生ＤＪで、謝恩会をディスコ状態にしたのが懐かしい。

もちろん、わたしは（アルコール依存症真っ只中の時代で）泥酔していましたが、嫌がる歴史学の主任教授（数年前に定年退職）が好きな歌『鉄腕アトムのテーマ』をリサーチしておいて、ＤＪの煽りで、その曲かけて！わたしがマイク突きつけ！無理矢理歌わし、最後はディスコ空間に溶け込ませた逸話も懐かしい。

飲んでいた頃のわたしは、無敵でした。思い出させてくれて、ありがとう。
でも、もう一滴でも飲んだら、脳が誤作動して！　ノンストップで倒れるまで飲むから、ゼミを放棄する事になります。
少なくとも、この黄金世代が卒業するまでは、飲みません。

12時18分：Gさんの質問
p.31の為政者による情報操作にも一理あるという記述に関して、その問題が解決した後で実はこういうことになっていて……と国民に説明することが良いのでしょうか。それとも解決した後でさえ、そういった問題があったことさえ隠し通すのが良いのでしょうか。
ドラえもんののび太が0点のテストをいつまでも隠し続け、ある時に今までのテストが見つかって叱られているのをよく目にします。その時点数が悪いテストをいつまでも隠してバレてしまうから叱られている点もあるとするならば、政治においても週刊誌などの報道ではなくでも政府が発表すべきなのかとも感じました。

12時48分：著者の回答
のび太の例は、わかりやすいです。

就活のESやグループディスカッション、面接でも、常にみんなが知っている例で説明すると多くが納得してくれて、評価も高くなります。

さて、のび太は子どもです。

わたしも中学生の頃は、89点以下のテストを隠しては見つかり、父に殴られていました（拙著『脱アルコールの哲学』pp.19–20. 参照）。

その経験値から、膳所高時代、進学校では成績優秀者だけが偏差値を公表され、他の生徒はそれを目標に、みんなが頑張ると嘘のシステムを考案して親に伝えました。

結果、数学だけは常に偏差値70以上で貼り出され！　最高偏差値90台まで昇り詰めたわたしに、理系の父は満足していたのです。そして高校時代、一回も殴られなくなりました。

ところが裏で、特に英語は、常にクラスで最低点を争っていました。

もちろん結果、私立文系の大学入試は惨敗するも、時既に遅し。

でも、誰にも迷惑をかけていません。

為政者なら、この程度の公表しないテクニックは駆使して欲しいというのが、著者の希望です。

そして、大学院で中国の留学生と意見交換すると！

中国には、さらに一枚上手で、改ざんすら理解している人もいると聞きました。

中国でも、大卒レベルの皆さんは、国が公表する数値が一部造られている事に、気づいているそうです。

しかし、巨大な人口の多民族国家が、社会不安に陥り、戦国時代に逆戻りしないために、国家統計局が頑張っている！と評価している人々も少なくないそうです。

日本人で良かった。

そして改ざんは勧めないが、社会不安を煽る数字は、10年後に公表するなど、アメリカがやっているような法整備を望みます。

アメリカでは、大手のメディアが（社会不安を引き起こさないために、）協力する場合もあるのです。

13時33分：Hさんの質問
p.34, l.14の「自分のことを棚に上げて、他者を批判する姿勢には、一理もない」に強く共感しました。となるとp.30, l.13のアメリカと中国はどちらも一理あるのではなく、どちらも一理ないように感じます。更に先住民との問題から米中の問題に変容していることに疑問を感じました。これは他国を批判して何かメリットがあるのでしょうか？

14時28分：著者の回答

おっしゃる通り、米中における民族浄化と言われても仕方ない政策（米国におけるインディアンと勝手に名付けた先住民の虐殺や中国における少数民族の弾圧）は、一理もありません。だから、〝どんな考えにも一理ある〟という『サバ原』（『サバイバル原論』の略）のテーゼと矛盾しているでしょうか。

『サバ原』この項の最後に、お互いの批判にも、一理あると締めてあるはずです。どんな考えにも一理あり！それに対する批判にも必ず一理あると考えられれば！

それだけで十分、（こんがらがって、解決はしませんが、）簡単には正面衝突できず、短絡的な戦争にもならないはずです。最悪の事態は回避できます。

そんな思考回路を、ゼミの〝自分の意見とは関係なく、与えられた立場で主張（無理強いのポジション・トーク）する思考実験〟を繰り返すことで、身につけてもらいたいのです。

それが偽善ではない、わたしなりのリアルな平和学です。

16時09分：Iさんの質問

p.163の『米陸軍サバイバル全書』の引用文で、サバイバル状況下では、一人きりになる可能性が高く、一人で有り余る時間があると、他人にあって自分にないと考えていた能力に目覚める。とあります。

前田先生は自分の知らなかった才能、能力に気づいた時はどんな時で、それはどんなものでしたか？

16時41分：著者の回答

オープンキャンパスに続いて、いい質問ですね。

（注：質問者の彼女は、オープンキャンパスの相談コーナーで著者の話を聴いてくれて、近大を受験して合格後、前田ゼミにまで到達してくれたエリートです！　それこそ余談ですが、オープンキャンパスの相談コーナーで、著者のハイテンションな営業トークを聴いた時は、内容に半信半疑だったそうですが、いざ入学して、著者の授業を受けたら、オープンキャンパスで語

られていたモードとまったく同じだったので、びっくりしたそうです。）

何がいい質問って、わたしが他では言っていない真実を引き出せたからです。

わたしはナルシシストなので、もっといっぱい才能があって！

（大学に進学して）上京したら、すぐに開花して！　稼げるエンターテイナーになれると自惚《うぬぼ》れていました。

しかし、東京で一人暮らししているうちに、思ったほど自分には才能がないこと、徐々に気づいて行ったのです、

まず、大学でゼミ長に指名されたのに、他のゼミ生が誰もついて来ない事から、リーダーシップがないと気付かされました。

さらに、ゼミのビデオ制作で、誰とも意見が合わず、チームプレーもできない事を悟りました。

華々しく、総合芸術のテレビに登場できるエンターテイナーをめざすなんて、無理！

結果、一人で書いたレポートだけが、ことごとく師匠の稲増龍夫先生（法政大学社会学部教授）に高く評価されたので、表現媒体は活字、天職は大学教授をめざす！と道が定まったのです。

以上、わたしの経験値が、どんな意味ででも、皆さんが進路を決める際の参考になったら、幸いです。

16時46分：Jさんの質問

手術が無事に終わって良かったです！

〝生き残り学のすゝめ〟のp.11から数えきれない持病がある人間は、生き残るためには居直るしかないと無敵になって〜とありますが、先生にとって怖いことはありますか？

17時26分：著者の回答

ありがとう！

術前、術後、どちらにも声かけしてくれたのは！　Jさんだけです。

これまで、わたしの授業を1つも履修していないで、ゼミに入った掟破りを、リカバーしました。（教職志望のゼミ生なので）教育者になっても、優しい気持ちで、生徒を見守ってあげてくださいね。
質問も気をてらわず、悪くないツッコミなので、義務教育の教員向きです。

わたしにとって、一番怖いのは、人間関係です。
その他の事は、多少努力をすれば、相応に報われますが！

人間関係だけは、相手が別人格で、
こちらがいくら努力しても、報われない場合が多いからです。

親子関係（拙著『高齢者介護と福祉のけもの道』参照）、夫婦関係、友人関係、恋人関係、職場関係……すべて、怖いです。

「がんより悩ましいのは『人間関係』」（樋野興夫『がん哲学外来へようこそ』p.47.）

ここで余談：

特に職場の人間関係は、就職したら、最も長い時間一緒にいる人々です。よって、インターンシップで、見極めるべきは、仕事内容だけではなく！

この人たちと一緒に働きたいと思えるかです。採用側も、そんな眼で志望して来た学生たちを見ています。

だから、インターンシップで社員さんたちと笑いが共有できるか、試してみてください。家族以上に長く時間を共有するかもしれない人々に、終始愛想笑いしかできないようでは、人間関係が続きません。

さて、本題‥

わたしは昔、努力すれば恋愛も報われると勘違いして、ストーカーまがいになったりしていました。しかし振られまくった結果、別人格は、コントロールできないばかりか、理解もできないと諦めました。

そして最終的に生きがいと生き残れる道は、一人でもできる執筆活動だと特化していったわけです。

23時47分：Kさんの質問

p.23の後ろからl.3の、「著者自身は～頭ごなしに否定しなくなりました」とありますが、アルコール依存症から回復される前の授業では、どの意見に対しても否定されていたのでしょうか？

また、否定した提案の中で最も印象に残っているものはありますか？

0時32分：著者の回答

飲んでいた頃（アルコール依存症の最盛期）の授業は、わたしのワンマンショーでした。

よって、頭ごなしに否定するとは、学生の意見内容ではなく、学生が意見を言うことすら！　否定していたという意味です。

びっくりするでしょう！

では、嫌なヤツだったかというと、意外とウケていたのです。

トランプ前大統領の人気に近い。

俺が一番おもろいねんから、俺の話だけ聞いとれ！　と一方的に喋りまくり！

最悪の事態では、３０１教室（文芸学部最大の教室）の教壇で、吐きました。

なぜか、ゼミ生が廊下のでっかいゴミ箱を教壇に上げていてくれたので、そこに吐いて、大事には至らず？（注：アル症の指導者を仰ぐ、弟子ならではの危機管理センサーを持ってくれていたのでしょう。）

その上、吐いたらスッキリして、また喋り出すと、学生たちからは、オーッ！というどよめきと共に、大きな拍手が！！

今やったら、誰かがスマホで動画を撮っていて、YouTubeにでもアップすれば、わたしは即刻クビでしょうね。

その年のゼミ生たちから、わたしに送られた卒業の言葉は、「こんなに世話の焼ける先生は、はじめてでした。」最も印象に残っています。

翌日8時41分：Lさんの質問

次の日になってしまってすみません。

pp.114–116のところで、パワハラをする人間は、攻撃することに快感を覚えるような依存症の恐れもあるので、むしろ反論をせず我慢したほうがこちらの受けるダメージは少し小さくなる（要約）

とありますが、例を読んだうえでも、私はその「我慢」の過程を乗り越えること自体が難しいのでは？　と思ってしまいました。と同時に、この理論は世にある「いじめは止めると悪化するから黙認しておいたほうがよい」という意見を肯定することにも繋がりかねないと思ったのですが、先生はどうお考えでしょうか？

9時11分：著者の回答

わたしが自己都合で入院している最中の投稿は、「今日か明日中」としてあるので、翌日でも全く大丈夫ですよ！

まず、この例示も「パワハラ」とあるように、社会化を経て精神的に成長しているはずの大人同士の場合です。

未熟な思春期同士のいじめは、動物と同様で、別の檻（注：人間の場合は語弊があるなら、別の環境）に分けるしかないでしょう。

その上で、大人でも我慢の限界がある場合は、動物の別檻（環境）同様に、職場を変えろ（転職）と何人かの精神科医は言っています。

但し、どうしても辞められない職場の場合は、攻撃が生きがいのサイコパスに反論して、自分がダメージを受けるよりは、攻撃に対しては常に暖簾《のれん》に腕押し、攻撃しても歯応えが無いと相手の脳に判断させ続ければ、攻撃が自動化したサイコパスの脳は、必ず攻撃対象を変えるそうです。学会で意見交換したある精神科医の説明ですが、わたしも納得しました。

〈5月25日ゼミ〉

10時47分：Mさんの質問

退院の日決まってよかったです。

p.137の1.8に「優しい妻は、著者が絶縁している母（注：認知症がはじまり、高級老人ホーム在住。拙著『高齢者介護と福祉のけもの道』特にpp.93–112.参照）にも、これまでお菓子などを差し入れてくれました。」とあります。

前田先生の奥様は、前田先生がアルコール依存症になった時に、前田先生のお母さんにあまり良いように言われていなかったと思います（奥様のせいにされていた？ような話を聴いた記憶があります）。（注：母は、著者のアルコール依存症を認めず、妻が勝手にラベリングしたと言っていました。）

前田先生の奥様は「優しい」からだけで差し入れをしていたのでしょうか？　それとも他に理由が

あったと聞きましたか？

11時45分：著者の回答

ゼミ長は、やはり感性が鋭い。アンタッチャブル（不可侵）を突いてくるなあ。

我々は、妻が善意、わたしが悪意という両面で成立している夫婦です。

悪意に満ちた眼で！社会の悪も射抜く！！わたしが妻なら、すべて嫁のせいにする姑なんか、絶対に許さないでしょう！

ところが、善意に満ちた妻は心底、誰でも助けようとするのです。

だから、（アルコール依存症真っ盛りで結婚した）わたしも救われたと言えるのですけれど。

原則、人間不信のわたしが独りで暮らしていたなら、いずれ社会から逸脱していたでしょう。

逆に原則、他人を信じる妻は、前の夫とは信頼関係が損なわれてバツイチですし、現在わたしが適時止めていなければ、信用した誰かからもっと酷い裏切りに遭っていたかもしれません。

つまり、ひたすら善意の妻がわたしを社会に繋ぎ止め、悪意も持ち合わせているわたしが妻を社会で被害者にならないよう、他人の悪意から防御しているという関係です。

だから、惚れた腫れたという単純な恋愛関係ではなく、互いに生き残るため！　相互補完的なイコールパートナーなのです。

但し、普通は結ばれない2人が同窓会で再会して、結婚できたのは、中学校の共有体験（中1のクラスメイト）が見えない絆になっていたのかもしれません。

久しぶりに、周囲が不思議がるクレイジーな夫婦関係を整理できました。ありがとう！

若い世代には、相互補完的なパートナーシップの意義を理解して、将来のパートナーを見つけるヒントにしてもらえれば、嬉しいです。

12時12分：Nさんの質問
来週、元気な姿の先生に会えるのを楽しみにしています。
p.86の1.14で先生が抱えていらっしゃるADHD（注意欠如・多動性障がい）の症状により暗記ができ

ないと書かれてありますが、p.93のl.4で語彙・読解力検定の準1級を（最高点で）取得されたとあります。

語彙は特に覚えることが求められると思うのですが、どういった方法で検定を突破されたのか気になりました。特別な勉強法などがあったのでしょうか？

13時16分：著者の回答

先程のSさん共々、退院を喜んでくれて、ありがとう！！

ADHDでも、わたしの症状は、単純な暗記は難しいですが、何も覚えられないわけではありません。

そこで、わたしは論文など、執筆活動で豊富な語彙を駆使するために、辞書を調べては難しい言葉を使いました（『サバイバル原論』p.92, ll.9–11参照）。

つまり、（暗記するのではなく、）創作活動に使えば！自然と身に着くのです。

わたしは、辞書首っ引きで、難解な言葉を使った論文を書きまくり！豊富な語彙力を身につけました。

よって、皆さんには、卒業するために2万字以上、絶対に書かなければならない「卒業論文」の執筆活動が、語彙を増やして身に着ける絶好の機会です！

13時01分：Oさんの質問
お体に気をつけて、来週お会いできるのを楽しみにしています。
pp.75–78で、ADHDで本を集中して数ページ以上読めない症状があったため、受験勉強には向いていないとあり、中学受験や京都の私大付属高校に落ちたのに、なぜそれでも勉強せずに、中学で成績ビリの爆笑王と二人でみんなを笑かすギャグばっかり考えていると、滋賀の超進学校の膳所高校に入学することができたのでしょうか？　また、ギャグを考えることが勉強にどのような影響を与えているのでしょうか？

13時59分：著者の回答
再会を楽しみにしてくれていて！　ありがとう！！
1979年当時の県立高校入試は、公平性の名の下に、難関私立のような難問奇問は出ず、単純な4択が多かったように記憶しています。
だから当時、膳所高に受かるには、9割近くの正答率が求められました。

しかし！
4択は、出題者の心理を逆算すれば！！
正解と、紛らわしく作られた不正解の見分けがつきます。
そのセンサーが冴え渡ったのが！　膳所高（県立高校）の入試でした。

みんなも知っているかもしれませんが、リクエストがあったら、出題者の心理を逆算する方法、教えますよ！
もちろん、2022年現在、出題者も進化して、わたしに見破られる様な4択は出さないでしょうが（笑）

そして、ギャグとは、最高難度の芸術でしょう！！

勉強は、機械（今で言うAI）に任せて、創作活動の極みであるギャグを磨く方が、将来、クリエーターとして武器にできると考えていました。

そして、膳所高時代の深夜ラジオ『オールナイトニッポン』投稿に続きます。

受験勉強が佳境に入る高3で、投稿すれば、中島みゆきさんから「握手券」を頂けるまで常にハガキを読まれるようになった著者は、進学校の同級生から嘲笑されていました。

「ますなお！　大学受験で大変な時期に、（深夜ラジオにハガキ書いてるなんて）なにやってんねん！！」

しかし、著者は腹の中で、嘲笑し返していたのです。

京都大学（注：医学部は、別格）には、毎年2500人は入学しているでしょう。しかし、全国放送の深夜ラジオ『オールナイトニッポン』でコンスタントにハガキを読まれる高校生は、毎年100人にも満たないのではないでしょうか。そして将来、社会で選ばれし者は、後者の中にあると勝利を確信していました。

つまり、些細な受験競争では負けても、その後に社会的な唯一無比の地位を獲得する競争では勝てるスキルを、自分の方が持っていると自惚れていたのです。

翌日14時41分：Pさんの質問

次の日になってしまってすみません。

手術、本当にお疲れさまです。来週からの対面授業が楽しみです！！

p.106に、面接で模範解答を言って採用されても働く内にだんだんと精神のバランスが崩れていくという旨が書かれていました。

私は日常の会話でも自分の意見より、相手が言われて嬉しいであろうことを優先してしまいます。そうしてしまうのは自分の意見を貫くことで相手に嫌悪感を与えるかもしれないという怖さがあるからだと思います。

この怖さから脱却し、精神のバランスを保っていくために必要な考え方や積むべき経験など、さまざまな経験をされてきた前田先生だからこそ言えることをお聞きしたいです。

16時48分：著者の回答

手術は、本当にしんどかった。

対面授業への期待！　ありがとう！！

わたしもアルコールの力を借りていたくらい、小心者なので、相手が喜ぶ意見を言ってしまう心境はよく分かります。

一期一会なら、それでも良いでしょう。

しかし、結婚や就職は、日々の暮らしを共にする相手を選ぶのです。

毎日毎時、相手が求める模範解答を出すのは、ホストやホステスでも難しいでしょう。

そこで、わたしは酒をやめてから、言い方に工夫しています。

自分の意見は貫くものの……俺の意見を聞け！　ではなく……

また、わたしの意見は、こうです。でもなく……

こういう考え方は、どうでしょうか？

と〈決定権を、相手に委ねた言い方〉なら、
どんな相手でも、嫌悪感なく受け止めてくれるのではないでしょうか。

特に就活では、採用側とエントリー側の上下関係が、明白です。

もちろん、ライバルにはない！自分オリジナルの意見を言う必要がありますが！！

こう考えます。ではなく、こういう考え方は、どうでしょうか。

こういう企画です。ではなく、こういう企画は、どうでしょうか。

アイディアは、こうです。ではなく、こういうアイディアは、いかがでしょうか。

など。

その都度〈決定権を、相手（採用側）に委ねた言い方〉を心がけていれば、好感度は下がらないでしょう。

元々、小心者の人間なら、すぐにできるようになります。

以上のように、入院中もメディア授業が意外と有意義に展開できました。ガンマンの教員と学生の関係性

は、コロナ禍よりも切迫感があって、より深い探究に至ったようにも思えます。

1年生配当の授業も、オンラインで行いましたが、たとえ本書への再録を許諾してもらえたとしても、その意味が新入生全員には理解できないと考えて、掲載は見合わせました。

今回、最初の入院は、同じがんでも16年前の准教授時代のようにイキって、がんを蹴散らしたというよりは、落ち着いて粛々と仕事もしつつ、教授として乗り越えた志向倫理がありました。結果、アリストテレスも人間に期待していたであろう、少しは徳を積んだ進歩の証となったのではないでしょうか。

但し、元々著者は、大学に進学するのに上京した時、将来はテレビのバラエティ番組をつくるのが夢でした。よって、授業はすべて知的なＴＶショーの構成を目指しています。もちろん、メインのＭＣは不動の著者です。ＳＮＳにおけるゼミ生とのやり取りに、知的なＴＶショーの片鱗が表れていたら嬉しいです。

3 教科書には載っていない！
プロ患者（lay expert）による徳を積む創意工夫

素人専門家→lay expert→プロ患者は、著者の意訳を重ねています。それでも本文を読み進めて頂ければ、ニュアンスが通じると思います。ご了承ください。

さて最初の入院と手術で、歯肉がんを根こそぎ取ってもらい、左下顎の骨がむき出しの著者は、退院後、妻の尽力なくしては生き残れませんでした。ガンマンの著者が美味しく食べられるメニューを、工夫して用意できるのは、イコールパートナーである妻だけです。料理一つできないダメ人間の著者は、心より感謝しています。アルコール依存症を認めて、回復する時を更に上回る妻の日々の支援が、著者を一角の人物（etwas, somebody）にして、残る人生のサバイバル街道を進む後押しをしてくれるのでした。

口内で、術部である左の噛み合わせが使えない著者は、食べ物を右の噛み合わせだけで軽く噛んで、すぐに食道へ押し込めなければなりません。それを可能にするよう、妻はおかずのサイズと柔らかさを工夫して料理してくれました。それでも彩や見栄えは、ビストロ並みで、食欲をそそりますから、妻の料理センスに改めて脱帽と感謝の日々です。

16年前の下咽頭がんの後遺症で、現在も嚥下がまなならないまま、今回の歯肉がんの後遺症で咀嚼もままならなくなった著者です。それでも食べられるように整形されたメニューが、ビストロの一皿のように食欲をそそる逸品とは！　妻に心より感謝です。時には、デリソフター(Delisofter)という特殊な調理器具を使って、メニューを見た目はそのままで、味も舌触りも変えずに、それでも喉に詰まらない程度に柔らかくしてくれました。

改めて、ガンマンの著者が勝手に定義する文明人の要件は、以下の3点です。（　）に意義を解説しました。

①眼で、テレビを見られること（必要な社会情報を、簡単かつコンスタントに摂取できる）。
②肉声で、対面のライヴ授業ができること（次世代への情報発信／文化的な遺伝子伝達のチャンネル）。
③舌で、（どんな形であれ、）料理を味わえること（風味豊かな食生活は、心の充足感）。

（　）内の意義からもわかるように、著者が満足できるＱＯＬ（人生の質）を得るためには、情報処理を行う脳の機動が絶対に必要です。という事は、脳の動かし方（考え方）で、生活の満足度もコントロールできるのではないでしょうか。

16年前を振り返ると、ステージ4に近い下咽頭がんの手術を引き受けてくださった〝ゴッドハンド〟からは、最初に「声帯を守る代わりに、食道は守り切れないかもしれない。二度と口から物を食べられなくなるかもしれない。」とも言われました。

結果、声帯が動いているのは片方だけですが、〝ゴッドハンド〟の約束通り、講義ができるくらい話せています。さらに、誤嚥することも多々あり、アルコール依存症から回復する前には酔っぱらって気づかぬ内に何度も肺炎を起こした痕がありますが、重篤な肺炎にまではとても至らず、現在、曲がりなりにも口から物も食べられます。

それが今回、最初の手術で、いよいよ口から、まともに物が食えないという十字架を背負わされることになったのです。16年前の下咽頭がん治療で、嚥下が難しくなり、今回最初の歯肉がん治療で、咀嚼が厄介になった著者ですが、運命です。受け容れるしかないでしょう。

そしてＱＯＬ（人生の質）を維持するために、妻が調べては、プロテインなど、効率よく身体を作ってくれるメニューも考えてくれています。アルコール依存症で、酒以外は口にしなかった時に続いて、苦労を掛けています。本当に、妻には感謝しかありません。

幾度の大病を患い、数多の入院と手術を経験したプロ患者≒素人専門家（lay expert）であっても、最終的に明るく生き残り、創意工夫を発揮できる環境とは、至近距離にいる家族の支援が最も重要になるのでした。特に、一人で料理もできないダメ人間の著者には、絶対にイコールパートナーが必要です。

食事をめぐる徳のある工夫

入院患者は、生き残るためだと間違えて利己的になり、食事が不味いだの、風呂に入れろだの、治療を早めろなどと、病棟スタッフに理不尽な要求を突き付けるケースが多いのです。

そこで今回、最初の入院時、著者はこれまで入院した病院に比べたら、さほど美味しくない食事でも！　構いません。経口でご飯が食べられる最初の食事、五分粥食にありつけた時には、完食して、美味しかったと下膳してくれる看護師さんに食べられる喜びを伝えました。

他愛もないことに聞こえるかもしれません。しかし、入院中の患者さんで、病院食に美味しいというリアクションができる一角の人物など、滅多にいないのです。それは、著者が数多の入院歴でリサーチ済みです。そこで、さらに名うてのガンマンである著者は、病院食を下膳に来てくれた看護師さんに、必ず◯◯が美味しかったです！　と具体的なおかずを挙げてまで褒めるのでした。就活のエントリーシートみたいに（抽象論ではなく、）具体例が必要なのです。すると、病院食を美味しいという患者など皆無に等しい上に、具体的な一品まで挙げて褒めた患者の登場は、病棟のスタッフ誰もに大変喜ばれます。

改めて言いますが、実は今回最初の入院先は、今まで入院した病院の中で、最も美味しくない病院食でした。それでも、ご当地グルメ！（ここに入院中しか食べられない逸品）だと強弁して、舌で味わえる喜びは、何ものにも替え難い幸せです！　と自身の脳にもダメ押しで繰り返し言い聞かせて、美味しい言える言語回路に切り替えました。まるで、グルメ番組の食リポです。と考えると、テレビっ子の著者には楽しい苦労でした。

しかしこれにも後ろ盾があります。日本の病院食は、海外の病院食とは違い、減塩により軽減されがちな旨味をダシ（出汁）で補っているのです。たとえ美味しくないと感じても、味噌汁があるだけでも、ダシのありがたみは理解できます。特に関西は、使える水道水が関東より軟水のため、昆布からの出汁も取りやすく、ダシ文化がバックボーンにあるのです。昆布のうま味成分、グルタミン酸は、和食の要の一つでしょう。それだけでも、世界一美味い病院食だと脳に刷り込んでおけば、本当にうまく感じて来ます。

その上で、さらに〇〇が美味しかったと、おかずの具体名を挙げて言うと、伝える相手にも自分の脳にも真実味が増すのです。改めて、グルメ番組の食リポと同様でしょう。タレントになった気で、下膳してくれる看護師さんにレポートしましょう。

そして最後は、本当に、味わえるだけで！ 幸せです。

結果、口から食べられるだけで、食欲が満たされるばかりか、脳内麻薬まで分泌されるようになるのでしょうか。術後、水しか飲めなかった時に痛かった術部が、経口での食事がはじまった途端、痛みが軽減されて行ったのです。

さらに、たとえ美味しくない病院食でも、下膳して下さる看護師さんに、美味しかったです！ と言って、嬉しそうな顔をされると、拝顔するだけで、食後感がより美味しく残るのでした。これは、就職面接で、たとえ失敗しても、最後はその日一番の大きな声で、ありがとうございました！　と言えば、面接官には良い印象しか残らない作戦と同様です。

これら病院食をめぐる一連の言動は、病棟に限って考えれば、一人でも多くの関係者に幸福をもたらす志向倫理の精神に沿った徳を積んだ振る舞いだと言えないでしょうか。これこそ〝即興倫理学〟です。

そして、これら就活にも使える感謝の大いなる言語化は、入院中に限らず、日常生活でもできるはずです。しかし、それが皆さん、平素はなかなかできません。よって、入院中という非日常こそが、練習期間で道場だと考えれば、無理なく身に着くのではないでしょうか。結果、体得できれば、一角の人物に進歩できるはずなのです。

食べ方で！　最大幸福（／リスク最小）をもたらす創意と工夫

ガンマンの著者は、最初の入院と手術で歯肉がんを根こそぎ切除してもらったおかげで、左下顎は骨がむき出しで、使えません。しかし、右側の顎で噛めるサイズの硬くない食物なら、右側だけで処理できます。極論ですが、口内の右だけで咀嚼すれば、なんでも大丈夫です。但し、液体や細か過ぎる食材の場合、一部が口内で左側へ行ってしまい、気づかず噛むと術部や患部を痛めます。

そうです。適当なサイズなら、個体の方が、舌でコントロールして、左側の患部には行かせず、右から喉の食道に落とし込んで、ゴール！ できるのです。

まさに口内は、サッカースタジアムに譬《たと》えれば説明がつき、脳の指令で口内を管理できるのでした。

そして、口内というサッカー場の縮図に合わせて、サッカーボールくらいに値するサイズの食材が、舌という足で最もコントロールしやすいのです。逆に、ピンポン球みたいな小さいサイズの球が沢山あったら、サッカー場でも収拾がつかなくなり、一部は術部や患部に残留して、気管にオウンゴールならぬ悪影響を及ぼすでしょう。


さらに、わかりやすい例で説明します。

飲み薬が、術後のある日、錠剤から粉末になりました。「**教科書**」では、その方が、飲み込みやすいと説明されているのでしょう。しかし、著者の口内環境には適していません。錠剤なら、サッカーボールよろしく、舌で食道へゴールできますが、顆粒や粉末は、一部が必ず左側の患部に紛れ込んで、特に術部を痛めるのです。それを担当の看護師さんに訴えて、薬剤師さんに伝えてもらいました。すると、1つだけ錠剤に戻って来て、他はぜんぶ粉末のままで返って来たのです。「**教科書**」には、嚥下や咀嚼が不調な(飲み込みにくい)患者さんには、粉末の方が、肺へ誤嚥した場合のリスクがより少なく、最適だとでも書いてあるのでしょうか。

しかし、著者の場合、全身麻酔の際に気管確保のため、喉に気切孔を開けて、術後に縫ったばかりの喉は、粉末が首を反らさなければ飲めないため、かえって危険です。首を反らせた途端、喉の気切孔を縫った糸が切れて破れれば、再び気切孔が開きかねないのでした。それも、何度も訴えましたが、薬剤師さんには伝わりません。「教科書」には詳しく書かれていないケースだからでしょうか。

結果、やはり粉末の経口薬では、首を反らさなければ飲めないため、喉の縫ってもらった気切孔が、再び開きそうになるし、飲んでも一部が左側の患部に行って、気づかず噛んだら術部が痛い！って、もう一度、看護師さんに言いました。看護師さんには納得してもらえましたけれど、薬剤部からは錠剤が届きません。結局、すべての薬が、著者の嚥下に最適な錠剤に戻るまで、丸一日かかりました。

病院では、「教科書」通りにせず、患者のニーズに合わせて、不具合が生じた場合、訴えられたら、病院側が責任を負わされるのかもしれません。

逆に、患者の求めに応じず、「教科書」通りに対応して、病状が悪化した場合は、訴えられても、「教科書」通りにしたと主張すれば、責任を負わされるリスクが少ないのでしょうか。

日本では、過去の薬害訴訟において、多くの場合、薬を承認した側の責任が重く問われて来ました。よって、これまでにないコロナ対応の全く新しい薬も、なかなか承認してもらえないジレンマが報道されました。同様の現象が、ミクロな病棟でも起こっているのでしょうか。錠剤と粉末の一件を納得するには、こう考えるしかありません。しかし、ということは、いわゆる「教科書」通りとは、弱者から最大多数の最大幸福（／リスク最小）をもたらすとは限らないのです。

コロナ禍において、医療・行政の多くが、責任を負わない対応に終始しているのを見ても同様です。日本

における これまで通りの危機管理体制には柔軟性がなく、結果として弱者から最大多数に最大幸福（／リスク最小）をもたらすとは限らない現実が分かるでしょう。

就職活動も同様です。かつての熱血就職部が、学生各自の個性とは関係なく、一斉に同じスケジュールで、早めに就活をスタートさせるのは、弱者から最大多数の最大幸福（／リスク最小）をもたらす方法とは限りません。一斉に就活を強制した成果は、他校と比較して、就職率を上げるだけです。学生個々人の性格やメンタリティに応じてキャリア支援を行い、その結果として弱者から最大多数の最大幸福（／リスク最小）をもたらす考え方とは、質が違うでしょう。（拙著『脱アルコールの哲学』pp.112–113.参照）結果、現在のキャリアセンターは、学生が求めれば、個別対応してくれます。

そして著者も、ゼミ生の個性に合わせて、また当人の求めに応じて、助言を試みるのでした。決して、全体の就活スケジュールに合わせるよう強制的に指導することはしません。無理矢理、全体の就活スケジュールに合わせて、たとえ就職できても、学生の精神がついて行っていないケースが多過ぎるのです。

結果、すぐに退職して、路頭に迷い、藻屑《もくず》と消えてゆくパターンが、20年を超える教員人生でたくさんの経験値となりました。後に、転職でリカバーでき、天職にたどり着いたと連絡をくれたゼミ生は、一人だけです。

これまで一般論や正論を押し付ける事なく、ゼミ生各自からの主体的な求めに応じて、進路の助言をして来た著者の教育方針は、前田研究室において弱者から最大多数の最大幸福（／リスク最小）をもたらす志向倫理に適っていると自負しております。

そして今回最初の入院では、2週間超の入院中、特に食事に関して、「教科書」外のリクエストと説明で、多くの病棟スタッフに、患者の病状ごとに臨機応変な対応が必要である現実を知ってもらいました。まさに、プロ患者＝素人専門家としての天職（Beruf）にも値するでしょう。

例えば、食事のおかずは、柔らかい薄切り肉なら、確実に右側だけで処理できるので、大丈夫です。ご飯は、著者のリクエストで、全粥になりました。五分粥は液体が口内で患部の左側へ行くので、術後間もない時は痛くて面倒でしたが、全粥は程良く粘度があるため左側へ行かさず、舌で処理して食道へゴールできるのです。

この仕組みも、理解されにくいので、著者が比喩に用いたのは、特に男性スタッフが皆さん知っている『北斗の拳』でした。

ガンマンの著者が傾倒したサバイバル劇画『北斗の拳』のクライマックスです。最強の敵役カイオウと主役ケンシロウの闘いに、因縁があって助太刀した海賊の首領、赤鯱の奇策がヒントになります。

どんなに硬い岩をも一閃で砕くカイオウの拳に対して、海を操る強者《つわもの》の知恵として、赤鯱は〝酸〟の様な液体を樽に入れて投下するのです。結果、最強の拳は、樽を砕くも中からあふれ出る液体は、すべてを跳ね除けることはできず、カイオウは散り落ちる〝酸〟の一部を被ることになり、一瞬ですが怯んで退いてしまいました（第１３７話「処刑台のケンシロウ！　遂に天は海神を走らせた！！」『北斗の拳２』フジテレビ、1987.10.29.）。

つまり、液体は口内でも、完全にコントロールすることは無理で、どうしても一部は、術後間もない患部にしみたり、気管に誤嚥してしまったりするのです。

『北斗の拳』を読んでいたか、テレビで見ていた男性スタッフたちには、この説明ですぐに事情を了解してもらえました。プロ患者（lay expert）として、医療従事者に承認された一場面です。

以上も、病棟において、なるべく多くのスタッフと患者に、なるべく大きな幸福を広める倫理観につながるのではないでしょうか。

余談ですが、『北斗の拳』のハードな戦闘描写は、様々な辛い治療の比喩に使えます。例えば、「衝撃波砕石術」という体内に出来た結石を、外部からの衝撃波で粉砕する治療は、秘孔をい突いて敵を体内から爆発させる北斗神拳そのものでしょう。著者もアルコール依存症が真っ盛りで、膵臓に結石ができた２００６年頃に、何度も膵管結石の治療で「衝撃波砕石術」を受けました。その時も、術後の状態を、北斗神拳を受けた悪人の苦痛だと説明したら、病棟のスタッフたちに凄く伝わりました（拙著『楽天的闘病論』pp.42-43.参照）。

そして、退院後の家庭では、妻が山芋を擂《す》って、とろろにしては、食べにくいメニューにかけてくれたり、工夫を重ねてくれています。すると、美味しいパラパラのチャーハンも、そのままなら一部が左顎下の術部、患部に入って取れなくなるのですが、とろろが口内でまとめて、舌が食道へ押し込むゴールのアシストをしてくれるのでした。毎度、アシスト役のとろろを擂ってくれたり、ホワイトソースに絡めてくれたり、あんかけを作って支援してくれる妻には、面倒ばかり掛けて、本当に感謝しかありません。

痛みをめぐる徳の効用

ガンマンの著者が16年前、下咽頭がん手術で、准教授でありながらも入院した時に発見したのは、脳のごまかしです。

誰にも迷惑を掛けないつもりのナルシシストでもある著者は、たとえ痛くても、痛くないと言い張ると、巡回の看護師さんに、「前田さん、凄い！」と言ってもらえるのが喜びでした。その結果、承認された快感の方が、痛みに勝るのです。

当時から、痛みを我慢した方が、病棟スタッフに褒められて、快楽が得られると脳が判断して記憶してくれていたのでしょう。今回、最初の入院でも、病棟で快適にサバイバルするには、痛みを訴えない方が有利と、脳が判定したのです。

特に今回は、「あれだけの手術をして、一回も痛み止めを要求しなかった患者さんは、前田さんがはじめてです！」と担当の看護師さんに承認されただけで、ナルシシストの著者には、痛みをはるかに上回る！ 快感で痛み止めになったのです。

16年前からガンマンでナルシストの著者は、看護師さんからの「前田さん凄い！」という高い評価の承認で、脳内に快楽物質が分泌されて、痛みが軽減していたのでしょうか。もちろん、ナルシスト限定のサバイバル法です。

今回それを、さらに「徳」のレベルに昇華させ、術後は、痛くても我慢できるだけ、痛くないと言い張れば、病棟のスタッフも、その都度痛み止めを出す手間が省けるとまで思いが馳せました。それこそ小さな事でも志向倫理に値するので、その積み重ねは最終的に、著者が巻き込む多くの人々に、できるだけ大きな幸福をもたらす高次の倫理的な回路が、著者の脳内に構築できたとも言えるのではないでしょうか。

その積み重ねの成果として、社会復帰後は、授業でしゃべっていると、術部も患部も痛くなくなりました。伝えたい事をしゃべることができる満足感が、痛みを上回るのと共に、学生たちに普段通りの授業ができれば、痛みなど二の次三の次という高次の倫理的な回路が脳内に構築できていて、稼働しているのでしょう。授業後に回収するミニレポートに、学生からも「前田先生は、（がんの手術から2週間余りで、）苦しい顔ひとつせずに対面授業に復帰しているのは、凄い！」などと書かれているのを帰宅後に読むと、家でも痛みが消えてゆきました。

そして、これらは病棟にせよ、大学にせよ、ガンマンの著者が巻き込む多くの人々に、できるだけ大きな幸福をもたらす志向倫理に基づき、誰も困らせずに皆が求める功利主義の精神にも近づいたと言えるのではないでしょうか。

シャワータイムの使い手として、一角の人物像

病棟で、シャワーの予約時間（毎時2人枠で、1人30分交替）に、前のおっさんがのんびり16分も超過して、ごめんも言いよらへん。その時の心中を、そのままに表現しました。16年前、若き准教授時代の入院時なら、著者もブチ切れていたでしょう。なぜなら、時間超過が玉突きとなり、著者の次の患者さんが時間通りに来て、著者がまだ出て来なければ、著者が時間を超過したと思われて、ひと悶着あるからです。

実際16年前の入院時、シャワーの時間超過が玉突きとなりました。16分遅れで交替した著者は次の患者さんに怒鳴りこまれたので、「前の患者が、16分超過しやがったんや！」と怒鳴り返し、シャワールームは修羅場と化したのです。当時は、病棟スタッフも、警察の民事不介入の様相で間に入ってくれず、そのまま喧嘩が暴力に発展していたら、がん以外でどちらかが大怪我するところでした。

しかし、ここは2度目のガンマンです。今回は、すぐには引き鉄を引きません。徳を積んできているはずの著者ですから。

事前に、看護師さんに「私の予約時間にノックしたら、返事はあるけど、前の患者さんが出て来ません。」と訴えたら、「気にせず、出て来たら入ってください。」と言うので！

「玉突きで、私が時間を超過したら、次の患者に怒鳴り込まれた経験が、以前に入院した病院でありました。」と丁寧に複雑な事情を説明しました。

すると、驚いた看護師さんが、「次の方には事情を説明しておきます。」と言ってくれたのです。

このご配慮に感謝して、著者は（刑務所みたいに）10分でシャワーを済ませて！

「シャワー終わりました！（前の方が遅れた）時間は取り返しましたから！！」

と、スタッフステーションに報告すると、みなさん笑顔に溢れ、ハリウッド映画だったら拍手喝采になるところでしょう。この皆が欲する方向性が重なる功利主義の精神に沿った！極めて**合理的な顛末**こそ、些細なことでも、まさに高次の志向倫理だとラベリングできるはずです。まさに〝即興倫理学〟でした。

そして、これが、誰も傷つけず、ナルシシスト魂も満足させるリスクマネジメントだとも言えるのでした。その精神は、16年前、若き准教授時代の意気がったスノビズム（見栄っ張り）ではなく、老成した教授としてのダンディズム（洗練された伊達さ）に通じるのではないでしょうか。この様に美化すれば、倫理的な行いも板につくものです。ナルシシストの効用でしょう。

また参与観察の視点から、その背景には、コロナ禍で、必要最小限のコミュニケーション、言い換えれば治療以外は儀礼的な相互行為に終始する病棟が見えます。つまり、治療側も患者側も、効率的な治療に集中していたという環境が見逃せません。そして、原初的な欲求（本能）は、秘めた想いに留めておくのが、コロナ禍（極限状態）における「いき」の適用とも言えるのではないでしょうか。

もはや16年前、若き准教授時代に、原初的な快楽を追究する（動物的に生き残ろうとする）かのような言動で、がんを乗り越えようとしたエロス全開の著者ではありません。今回最初の入院で、著者が病棟に展開したのは、教養も高められているはずの教授だからこそ、真の意味で「いき」を追究する（高次の志向倫理に基づく）倫理観でした。

そして今回最初の入院は、著者がまったくイキらず！　非常にフェアな態度の患者だったためか、たった2週間超に過ぎない期間にも関わらず！　退院を惜しんでくださるスタッフが何人も、退院日にわざわざ病室まで挨拶に来てくださいました。

主治医の中で最後に来て下さった、若い医師（〝ゴッドハンド〟の片腕）の念入りな説明に対して、「ご丁寧にありがとうございました。」（注：この言葉〝ご丁寧に……〟で会話を締めると、結構キラーセンテンスになります。言われた相手の晴れやかな表情を見れば分かるでしょう）とお礼を言うと、ハッとされたかのように、「いつでも、なんでも聞いてくださいね。」と返されました。他愛もないことのように見えますが、退院時の儀礼的な相互行為の中でも、医者と患者の理想的な挨拶（エール）の交換ではないでしょう。これが、後々再会する事になった時に響くのです。お互い気持ち良く処置でき、されるために。外科の場合は特に、身体を許すという行為も含めて、医師と患者は恋愛関係に近いのかもしれません。

それも受けて、医師との信頼関係を紡げる接し方をもっと聞きたかったと言ってくださった看護師さんもいました。〝ゴッドハンド〟を変なおじさんと軽視していたが、著者の説明で尊敬の念を持って接するようになったそうです。病棟のマナーを他の患者さんたちにももっともっと広めて欲しかったと言ってくださった准看護師さんも来られました。シャワー時間のマネジメントは、どの病棟でも隠された難題です。

果ては毎日、個室のゴミ捨てやレンタルの甚平を替えてくれたエッセンシャルワーカーの外国人労働者の方も、別れを惜しんでくれました。彼らは日本語がままならないので、著者がいつも、お礼を言う代わりに手を合わせてお礼のポーズを示していたのですが、いつからか彼らも模倣し始めて、他の患者さんに手を合わせてお辞儀している場面を良く見るようになりました。そして退院の日、もっと日本で通じるボディランゲージを習いたかったと仕草で示してくれたのです。

以上、昭和の義務教育で習った「道徳」の教科書みたいなエンディング、最初の入院の退院日でした。

しかし、それは令和のコロナ禍で仇花の様に現れた自粛警察や同調圧力のようなエアー倫理（注：風刺の漫画も描くヤナザキマリさん評）ではありません。連綿と通じるであろう確固とした倫理観だったのではないでしょうか。

今回、最初の入院も、非日常の生活は、有意義な経験でした！

病院とは。

漢字圏では、病（やまい）の院と書きます。

見て読んだだけで、うつになりそうです。

しかし、アルファベット圏では、hospital。Hospitalityの意味には、日本人が得意な〝おもてなし〟もあるのではないでしょうか（拙著『楽天的闘病論』pp.7–16.「1　病院は、テーマパーク」参照）。

一旦！　おわりに
――誰も、再発するなど考えない――

がんを乗り越えた経験値を伝える2022年前期授業の果てに、7月最終授業回でよくある学生からの質問です。

「知人が、がんを告知されたら、どのように声を掛ければ良いでしょうか。」

「前田先生ががんを乗り越えた経験談を、教えてあげたら良いでしょうか。」

「先生なら、（がんを告知された方に、）ご自分の体験談を話されますか。」

著者の答えは、「（がんを告知された方には、）決して助言などしません。」

「自らの経験値も、（がんを告知された方には、）改めて示しません。」

「ひたすら、告知された患者さんの気持ちを聴くだけです。そして、ご当人が下された決断を無条件に尊重して、『自分に支援できることがあったら、何でも言って下さい。』と言って会話を終えるでしょう。」

がんを告知された相手は、別人格です。著者の経験値が適用できるとは限りません。相手が健康体で、告知される以前なら、来るべき選択肢の一つとして、著者の経験値も提示します。しかし、告知された瞬間から、人生を切り拓く方法論は、当事者だけに委ねられるべきなのではないでしょうか。

「同じ境遇の人が集まると、温かい集いがイメージされるものですが、患者会はじつは難しいところがあります。無意識のうちに、患者同士で傷つけあうことが多いからです。それにがんほど、症状も経過も個別的なものはありません。」（樋野興夫『がん哲学外来へようこそ』pp.49–50.）

本書の「まえがき」でも触れさせて頂いた近畿大学の卒業生つんく♂さんが、声帯を取って、喉頭がんから回復されたケース然《しか》りです。がんが告知された時、つんく♂さんには、守るべき家族（妻や子ども）がいらっしゃいました。よって、独身だった著者のように自身の美学で一か八かの実験的な治療を選ぶより、より確実に家族のもとに生還できる声帯の摘出を選択されたのでしょう。その決断には、著者も敬意を表しています。

よって、著者は昨今の告知ありきの風潮にも、全面的には賛成しかねます。早期発見のがんなら、必ずしも死に至らない病だという情報が共有されたからこその告知でしょうが、人間は弱い生き物です。がんには強気でいられた著者も、人間関係を紡ぐのが苦手で、アルコールに頼り、依存症になってしまいました。がんの場合も、告知された途端に、うつになって、そのストレスから体内の通称：キラー細胞が激減する人だっているでしょう。その場合は、告知せずに、がん以外の万人が治る病気だと思わせることによって、安定した精神状態を維持して、秘かにキラー細胞に躍動してもらった方が、治療方針としては正解に近いのではないかと著者は考えます。

著者も、がんを克服するためなら、何をしても許されると勝手に判断した２００７年は、ゲリラ的な裏技が満載の勝手気ままな入院生活でした。それから16年、教育者という立場にあり続けて進歩した暁に、アリストテレスが人間に期待を寄せていたであろう、徳の集積が重ねられたはずです。だからこそ、入院中も不死身で授業継続という天職の全うできたのかもしれません。

結果、倫理的な行動で病棟スタッフの承認を得て、ひと角のＱＯＬを維持する事ができたのだろうと誠に勝手ながら自覚しました。そして、もちろん志向倫理に基づいた言動は、退院後も継続したいものです。

ヘーゲルの倫理学において、有意義な仕事をすること＝承認であるとするならば、改めて大学教授の天職＝授業だと著者は考えています。特に日本語では、教え授ける職と書きますから。よって、少なくとも研究室に所属するゼミ生への指導継続なくして、倫理的に満たされた入院生活、治療生活は担保されなかったのです。

入院患者は、生き残るためだと勘違いして利己的になり、病棟スタッフに衣食住の理不尽な要求を突き付けるケースも多いでしょう。

今回、最初の2週間超の入院において、ガンマンの著者ががんを乗り越えた行為は、前回のがん克服から16年を経て、大筋として倫理学の巨人と目されるアリストテレスやヘーゲルが示す最大公約数の倫理観に近づいて来られたのではないでしょうか。また各論でも、病棟スタッフとの相互行為が、成すべき大義も意味する志向倫理（aspirational ethics）を貫けていたと認識しています。それらは、本書において、ひと角のQOLが維持（超病）できた人間像の1つとして提示する意義があると考えました。

以上、散文的にまとめましたが、実は詩的に生きて来た結果に過ぎません。

附記
本書の第Ⅰ部「2度のがんで、超病の倫理学へ」は、第95回日本社会学会大会（2022.11.13. 於：追手門学院大学）において、著者が口頭発表した一般研究報告「がんの告知から入院、手術、社会復帰のプロセスにおいて、ひとかどのQOLを維持するための超病倫理学序説――2度のがんで徳を積む当事者のライフストーリーを手掛かりに――」（An Introduction to Ethics Found after Surviving Cancer: How can people maintain their quality of life during the process from cancer notification, through hospitalization and surgery, to reintegration into society? A life story based on the author's experience as a two-time cancer survivor.）を叩き台として、大幅に加筆・修正した内容です。

II

再発したら、伴病の宗教学

自身で工夫する余地が無くなったら、
何かに縋《すが》る著者も人の子

　ここからは、さらに孤高の当事者研究です。因みに「伴病」とは、伴侶の様に、がんと共存する意味だと考えて下さい。

　近畿大学にある多彩な学部の中でも、できた当時はスロースターター〈後発〉だった文芸学部の成り立ちには、大義があります。作家と評論家が同じ学部に〝共存〟して、互いを認め合う稀有な文化を醸成する意義があったと、学部の黎明期に関わられた先生から伺いました。クリエイティヴな分野で、作家と評論家では背反する場面も多いでしょう。こと大学においては、作家は芸術学部で教え、評論家は文学部で教えるケースも多く、袂を分っていたのです。よって、マグロの完全養殖のみならず、不可能を可能にする近畿大学で、文芸学部が成立させた〝共存〟の理念とは、著者が背反する自身のがんと、時には〝共存〟を図ろうとした「伴病」の考え方にも通じるのではないでしょうか。

　しかし、さらにその地平には、人間、いや人類は、万策尽きた時、多くの者が心底〈祈念〉する気質を内在させている事だけは、反宗教だった自身の心理の移ろいからも確信しています。著者の場合には、目の前に現れたくれた〝神々〟を通して、天に〝祈念〟していました。その結果、絶望した2022年から2023年の年またぎで、内服の抗がん剤が劇的に効いて、果ては奇跡を願える『免疫療法』にまで道が開けたのです。活路を拓くには、誰でも何かを信じるしかないのでしょう。

　縁起でもありませんが万が一、二度あることは三度あったら、どうしましょう。臨床社会学者としては、常にリスクマネジメントを考える必要があります。

また逆に著者は、60年近く生きて来て得た人生訓として、常に最悪の事態を考えておけば、さすがに現実は、最悪にはならないというジンクスもあるのでした。そう思えるからこそ生き抜いて来られて、生き残っているのかもしれません。

2022年11月18日(金)、生体検査の結果、歯肉がんの再発が告知されました。しかも、いつの間にか、かなり進行していて重篤です。もちろん、予言の自己成就などではありません(拙著『高齢者介護と福祉のけもの道』p.176. 参照)。

今回は、もう(人生も)終わりやと思いました。

再発と進行の程度から、当事者である著者がいくら考えても、乗り超えられるレベルではありません。もはや、人知を超えたハイヤーパワーに縋《すが》るしかないでしょう。

余談ですが、国鉄の分割民営化でJRになった時、新会社から「これからは、お客様を神様だと思って対応して行きましょう。」と言われ、半信半疑だった社員さんが、その後の業績アップを目の当たりにして、ハイヤーパワーを実感したというエピソードを思い出します。

再発して進行するがんには、〝ゴッドハンド〟1人で対応し切れないため、著者は京大病院に送られて、耳鼻咽喉科（頭頸部外科）と形成外科と歯科（口腔外科）の合同チームで対応してもらうしかないと〝ゴッドハンド〟自身から言い渡されたのです。

２０２２年12月16日（金）京大病院で、胃カメラ、ＰＥＴ（全身のＣＴ）、ＭＲＩなど数多の検査結果から、最初に主治医となった最先端の頭頸部がん治療を請け負う気鋭のドクターからは、「命を守るためには、がんが進行する顔の下顎と喉頭まで取ります。さらに、(16年前の)下咽頭がんの手術で血管が残っていないため、元通りには再建できません。」と言われました。続けて「顔の顎から下は無くなります。呼吸は喉にあけた穴でするしかありません。２度と発声はできなくなりますし、飲食もできなくなるので、胃ろうにします。」とも言われたのです。著者は60年近い人生で、最も絶望しました。年末、絶望の果てに、希望の象徴でもあった年賀状を出すのを完全に止めました。これからは、望外の人生を歩んで参ります。

16年前の下咽頭がん以上のスケールで、多大な後遺症も覚悟せざるを得ない難手術を、同じ京大病院で行ってもらうのも運命だったのかもしれません。我が闘病人生の振り出しに戻った感覚でした。但し、今回は術後、声帯どころか喉頭が無くなるので、どうあがいても２度と話せません。そして本当に口から物が食べられなくなり、胃に穴を開けて直接、食物と栄養補給を続ける胃ろうになるのでした。また、下顎が再建できずに無くなるので、マスクなしでは見られない顔になるでしょう。鬼才デヴィッド・リンチ監督が、『エレファント・マン』以前に、異形の民への哀しい愛着を描いたカルトムービー『イレーザーヘッド』の様な世界観を覚悟していました。いつの間にか〝ガンマン〟などとおどけて、トリックスター（道化）を気取る余裕はありません。

改めて確認しますが、がんが喉頭まで浸潤していて全て取れば、もう2度としゃべれません。16年間、奇跡の様に守って来た発話が出来なくなるのです。トークライヴの授業を貫徹するのが〈信念〉で生きがいだった著者の教授人生も、終焉を迎えると覚悟しました。教壇復帰は、まず無理です。つまり、ここで工夫する余地すら無くなったら、人間は何かに縋《すが》るしかないという気持ちになるのでした。

ここまで過酷な病歴を重ねて来ると、もう死にさえしなきゃ、何でも受け入れるしかないと明鏡止水の心境です。

手術の日程は、今年度の成績評価が終わってから、そして来年度の開講までには（後遺症も含めて）結果が出る！ 2月と言ってもらえました。大学人としては、これ以上はない学年歴の間隙を縫う日程で、ありがたかったです。そして内心、大学に掛ける迷惑を最小限にとどめる3月に退職する覚悟でした。60年近い人生で、最も絶望しました。

それでも、それ以降、ナルシシストの著者は、年明けに人生の最終講義となる場面で、次代を担う学生たちを前に、いかにカッコよくフィナーレを飾れるかの自己演出ばかり考えていたのです。16年前、手術台に向かう時、「イッツ、ショータイム！！」と叫んで、病棟のスタッフを唖然とさせた時の様に（「命ときめく日に」『京都新聞』2008.11.22.朝刊1面、および拙著『楽天的闘病論』pp.38–39.参照）（注：プラグマティックな医療者まで、皆様が言って下さるように、確かに著者は（何か運を）「持っています！」でも、そう言われ続けていると、それを呼び込むのも、コツがあるのではないだろうかと思えて参りました）。

そこで重要な〝生き残りポイント〟は、著者が内心の絶望を表には一切出さず、授業などでは虚勢を張り続けていた〈信念〉です。もし、内心の諦めが表面にも全開になって悲壮感が漂う授業をしていたら、心身ともに治癒への志向は失せていたでしょう。結果、自身が持つキラー細胞は活性化せず、この後、抗がん剤や『免疫療法』による〝奇跡〟の効果は呼び込めなかったかもしれません。

話を戻して当時、残された期間は、教育現場で、学生たちの良き教材となるよう振る舞うだけでした。但し著者の虚勢で、学生の多くが、ここまで重篤な病状だとは信じていません。なんせ、縦横無尽のトークマシンとして、意義のある対面授業をフルにできているのですから。著者が受講生でも、どこが重いがんやねん！？とツッコミたくなるでしょう。しかし当人は、左下顎から喉にかけて続く鈍痛に苛まれ、時折刺すような痛みにも必死で耐えながら、対面授業をしているのです。でも年々、まだまだ向上しているトークライヴのテクニックから、多くの学生たちには苦痛が伝わりません。それに著者自身も痛いと言っても、痛みは取れないから仕方がないと考えており、だから、弱音など吐かずに雄弁に徹しているから、なおさら痛みなど聴衆には理解されないでしょう。普通は、（論理的には）無意味だわかっていても、痛い痛いと訴え続けるのが人間です。痛いと言っても意味がないから、一切言わなくなった著者とは、論理で感覚も決済できてしまう完全なる学者脳です。それが、いつか学生たちにも理解してもらえたならば、著者は良い教材になれたと言えるという〈信念〉がありました。後述しますが結局、再発後の治療は長きに亘り、じっくりと教えられることとなります。

今回の再発ですが、実は2022年5月12日に、歯肉がんを切除してもらった時から、再発も考えられなくはありませんでした。素人考えですが、16年前に下咽頭がんを切除してもらった後は、がん細胞が少しでも残っていた場合を想定して、念のために数十回の放射線治療を受けていたのです。それが、今回はありませんでした。16年前の放射線治療で疲弊した同じ部位に再度、放射線治療を施すと、患部が腐食しかねないからです。特に、高精度のピンポイント照射の技術がなかった16年前には、念のため頭頸部の広範囲に何十回も放射線治療を受けています。表現は悪いですが、わかりやすく言うと、無差別爆撃でがんの残滓を一掃してくれていたのです。だから、16年間も再発や転移がなかったとも考えられるでしょう。しかし当時の広範囲に及ぶ照射は、左下顎も対象でした。よって、著者の頭頸部には2度と放射線治療が施せないと考えるのが妥当ではないでしょうか。結果、新たながんに見舞われた場合、できる限り切除したとしても、少しでも残ったがんは全滅させられず、一生涯、再発リスクは避けられないのかもしれません。現在は、広範囲ではなく、高精度のピンポイント照射できる放射線治療が、専門の医療機関で受けられるので、これからがんの治療を受けられる皆さんは、もっと希望を持ってください。

改めて確認しますが、進行する口腔がんから命を守るためには、喉頭まで取って2度と話せなくなる（対面授業ができなくなる）手術を頭頸部外科の主治医から言い渡された2022年12月16日、著者は60年近い人生で、最も絶望しました。

ところが、翌日からの授業では学生たちに全く絶望感が伝わっていなかったそうです。いつもと変わらぬトークライヴで、凄いとは言ってもらえましたが、絶望感ゼロ。メンタルが弱いのに、ナルシストの著者は、それをカバーするために長年、アルコールに頼っていたのです。それが断酒9年、人生で最も絶望した心中を全く悟られずに、有意義な授業ができた事は、何があってもトークライヴを貫徹させる〈信念〉の到達点だったのかもしれません。

1

〝ゴッドハンド〟に代わり、〝女神〟の降臨

――進行するがんには、迎え撃つ化学療法も――

すると、2022年12月20日、抗がん剤など、化学療法の担当医が著者に会いたいと言ってくださり、朝イチに外来に伺いました。手術室ではない、アナザーワールドの扉が、かすかに開いた感じです。

そしてお会いした若い女医さんは、冷徹なイメージの外科医ではなく、とても可愛らしくて、16年前の〝ゴッドハンド〟に代わる〝女神〟が降臨したイメージでした。今、気づきましたが、16年前から既に著者はゴッドに縋っており、神頼みだったのです。

今回、たとえ命の保障はなくとも、口から食べてしゃべれるQOL（人生の質）を保障する化学療法だけという選択肢があったとすればと、著者は心の底で願っていたのです。たとえ平均余命を宣告されてでも、トークライヴの授業が継続できるならという16年前と同じ様相の選択でしょう。しかし現実は、そんなに甘くありません。まず化学療法だけでは、とても1年も持たずに、しゃべれなくなり、食べられなくなって、終焉を迎えるのが普通だと言われました。そして、手術は命を保障するワンチャンスでラストチャンスになるかもしれないとも言われたのです。化学療法でがんを制御できるのは、宝くじに当たる様なものだと感じ

させるニュアンスでした。実際に、過度な期待はできない方法なのでしょうが、そんな成功率の低さでも、絶対に必要な時には！　突き抜けて勝利をつかんで来たのが著者のサバイバル人生です（拙著『サバイバル原論』参照）。

それでも、化学療法の〝女神〟は真っ正直で、カワイイと言うより、チャーミングという言葉がピッタリ！　妻も初診から信頼して、ファンになっています。

そこで、著者の「肉声で次世代にレクチャー（授業）できない人生など、万死に値します！」というトークライヴ（授業）継続への〈**執念**〉（**自身が進むべき道**）だけは十分に伝えました。著者は少なくとも後1年、3年ゼミ生がストレートに卒業できるまで、できれば後2年、重度のがんである著者を分かった上で、覚悟を持って前田研究室を志望してくれた新しいゼミ生が卒業するまでは、理想の授業を続けさせてくださいと〈**祈念**〉していたのです。

翌週12月27日の外来で、化学療法の〝女神〟は、著者のトークライヴ（授業）継続への〈**執念**〉を、異動により1月から新しく変わる頭頚部外科の主治医に伝えたと切り出されました。

そして、新しい外科の主治医は、「がんの治療に（唯一無二の）正解はありません。患者さんの価値観で（治療法を）選んでください。」と言明して下さいました。著者の〈**執念**〉を〝女神〟から聞き及び、手術を先送りにして、強力な抗がん剤の投与で、がんを抑制できるところまで抑制する方法を考えているとおしゃって下さったのです。著者の生きがいであるトークライヴの授業継続が叶います！　それでも抗がん剤が効かなくなった時には、ワンチャンスなので手術を覚悟するしかないのでしょう。

しかし、自分の進みべき道を公にして、少なくとも後1年は理想の授業を続けさせてくださいと〈祈念〉した途端、実際に軽い抗がん剤「TS1」を一週間内服しただけで、口内の潰瘍が一部消え始めて来たのです。化学療法だけで、効果が出るのは、多くて10人に1人だと言われていました。これまでも不死身だと強弁して来た著者ですが、天はそんな著者を三度も見放してはいなかったのだと実感しています。奇跡です。

①抗がん剤を服用してから、1週間を過ぎてから、患部の痛みが引いて来ました。同時に、口内全体に広がっていた口内炎の様な潰瘍も、消えて行ったのです。

②2022年5月の術後、顔を動かすと痛くてあくびもできませんでしたが、今はあくびをしても、顎のどこも痛くありません。

③2022年5月の術後、ずっと訴えていた舌の側面と先の痛みも無くなりました。現在、歯ブラシを患部に当てても痛くなく、口内の環境は、がんの発症前の状態です。

最初に処方された内服の抗がん剤は、TS1。

まずこれだけで、喉頭まで取る手術をしなければ生き残れないかもしれないとまで診断された！　がんの浸潤を押し戻し、普通に飲食ができる口内環境に回復させたのは、奇跡です。普通は手術までに、がんがこれ以上拡がるのを少しでも食い止められたら、関の山なのが抗がん剤の役割です。それを回復させるとは。科学にはまだ追いつけない〈祈念〉の賜物なのかもしれません。

しかし、そう言えば、著者はライヴ授業を最後まで貫徹させる〈信念〉から〈執念〉の持ち主です。授業が無事に終わって、〈執念〉を〈祈念〉に転轍するのも、自然な流れかもしれません。

そして、まずは2022年度の後期も一度も休講せずに、左下顎の鈍痛と喉にかけて時折、刺すような痛みを抗がん剤で乗り越えて、残る授業と成績評価まで貫徹した上で、より強力な抗がん剤（フルオロウラシル：内服で効いたTS1と同様の成分で、より強力な兄貴分を24時間6日連続の点滴）治療へと向かえたのです。もちろん、授業を最優先にする生き方が正解なのではありません。著者の勝手な天職への〈執念〉です。治療に専念する方が、心身ともにがんに勝る場合もあるでしょう。著者の場合は、授業を貫徹するためにと望んだ治療が、運よく心身ともにがんを抑制できただけです。

思い返せば16年前、ステージ4に近い下咽頭がんでは当初、声帯ごと除去する手術で完治を目指すか、声帯を残して放射線治療だけの場合、5年生存率50％という二択でした。迷いなく、余命を切られてもトークライヴ継続の〈信念〉を果たす後者を選んだ著者に、声帯を残す実験的な手術を行う〃ゴッドハンド〃が紹介されたのです（拙著『楽天的闘病論』pp.4–5.）。

そして、いずれも同じ京大病院で展開されたライフストーリーです。

今回は再び幸運にも、手術の前に、がんの進行を抑えられるだけ抑えようと始められた抗がん剤が、予想以上に効きました。具体的に、口内の潰瘍が消えはじめ、痛みも緩和されて来たのです。よって、2月に京大病院で予定されていた、一部の身体機能（嚥下や発声など）を損うハイリスクな大手術は先送りにして、より強力な抗がん剤を投与する化学療法に切り替えてもらえました。但し、強い抗がん剤は副作用を伴うため、入退院を繰り返しながらの投与となります。

もちろん、抗がん剤だけで完治は望めません。がんを抑制しながら、共存する伴病の方法論です。しかし、抗がん剤が劇的に効く患者の場合、多くが年単位でリスクの高い手術は先送りにできるそうです。よってこの時点では、2023年4月からの授業は予定通りに可能でした。授業はトークライヴでという〈信念〉が、何があっても授業継続という〈執念〉に進化して、最後は神頼みでしたが〈祈念〉も実ったと言えるでしょう。但し、毎月1カ月の内、8～10日程度は入院して、副作用を伴う強力な抗がん剤の投与を受けなければなりません。病棟の都合により、イレギュラーになる可能性もありますが、単純計算すると各科目、1カ月の内、メディア授業1、2回、対面授業2、3回というシフトになる見込みです。がんと修羅の授業は続きます。

そして、あらゆる抗がん剤が効かなくなった場合には、最終手段である大手術を受けるしかないのでしょうか。

ともあれ、再び奇跡的に心身とも生き残れたのには、京大病院の人間環境に拠るところが多かったというのが、今回の印象です。医師たちは、いずれも最悪のケースから、僅かな希望まで、選択肢の幅を真摯に説明してくださいましたし、看護師さんたちは常に右往左往する著者を全員で暖かくフォローしてくださいました。医療事務の方々も、混乱して手続きを間違う著者に、誰一人嫌な顔一つせず電話で各部署に確認してくださったりと、すべてが倫理観の鏡のような対応でした。

本書の第I部「2度のがんで、超病の倫理学」では、今回最初に治療を受けた京都府南部の地域基幹病院で、余裕のあった著者が現場の医療関係者にも最大多数の幸福をもたらすよう倫理観を実践するライフストーリーを示しましたが、京大病院では、余裕がなくなった著者に安心できる治療環境がもたらされました。生き死にを決するような事態においては、短期間でも因果応報があるものです。後は、天に〈祈念〉するのみでした。

天にも祈らず神をも恐れなかった16年前は、がんを手術で全て切り取り、完治を望みました。しかし、今回の手術は、声と飲食の身体機能を失うリスクがあるオペレーションです。著者の人生観から、決して受け入れられません。

結果、抗がん剤で、がんを抑えて共存するしかないのですが、がんがいつ暴れ出して来のかわからないのは不安で、神に〈祈念〉しています。

著者には、完治しない病であるアルコール依存症をコントロールして、再飲酒せずに！　断酒9年の経験値があります。さらに、がんも制御できたら、心身ともに自己管理できる《完全無欠の臨床社会学者》だと言い切れるのではないでしょうか。それが叶うまで、臨床社会学者は人文学の思考回路に越境してでも、ひたすら〈祈念〉しています。

２０２２年度の後期授業は、重篤ながんの再発で深く進行したにも拘らず、服用する抗がん剤だけで、１度も休講せず、オンライン授業にもせずに、すべて対面授業で貫徹できました。もはや善し悪しなどは関係なく、残された「授業継続」に賭ける著者の〈**執念**〉です。

結果、学生たちの授業感想文の中から、著者が勝手にチョイス（編集権の行使）して、メールで再録の許諾を得たベスト3を紹介します。もちろん授業では、著者の治療プロセスをすべて開示しており、伴走してくれた学生たちです。

「すごい映画を観たような授業でした。」（2年）

「私の文芸学部史上に残る物語を見ているようでした。」（3年）

「（文芸学部最大の）３０１教室で講義中、京大病院からかかって来た（プライバシー全開の）電話をスピーカーフォンにして取って冷静に対応していた前田先生は、映画のシーンみたいで一生忘れません。私ががんになったら、そんな事絶対にできません！（注：やらなくていいです。メンタルが弱いのナルシシストの人間が、追い詰められた時に偶然できる奇跡のシーンですから。）」（2年）など、望外の反応だらけでした。ありがたいことです。

番　外

「前田先生が怒ったのはじめてで、びっくりしました。（命をかけた治療を）いつまでかかるんですか？（という配慮に欠けた）ミニレポを匿名で怒鳴りつけて！　でも、（その授業）直後に謝罪に来たので、今日許し

たと言われて、教職を取ってる私は一番勉強になりました。」（2年）

何が望外って、著者の人生訓は「テレビに学び、映画のように生きる。」でしたから（拙著『サバイバル原論』2021.p.92.参照）。

但し、授業では常に、「わたしも20歳の頃は、点滴の太い針を見ただけで恐怖に慄《おのの》き、腕が震えて、医師が血管に刺せず困らせたものです。それが、数多《あまた》の病に直面して（拙著『サバイバル原論』p.111.参照）、乗り超えざるを得なかった『場数』（経験値）を踏んだおかげで、やっと恐れずに対応できるプロ患者の様に進歩できたんですよ。それは就活の面接と同様で、達人に近づける唯一の道（方法）は、ひたすら『場数』を踏むことです。」と念押ししています。

そして①後期授業がすべて終わり、②成績も点け終わって、③学生たちからの大学指定「授業評価アンケート」を読んだ上で、応える「リフレクションペーパー」も作成・提出し、④来年2023年度のシラバスも、担当科目すべての項目を漏れなく入力し終えたところで！

2023年1月30日、化学療法の〝女神〟が待つ京大病院に入院して、第1回目の強力な抗がん剤治療（毎月8〜10日程度の入院治療で、3週間空けるサイクル）がはじまったのです。「授業継続」への〈**執念**〉は健在でした。

そして〈**執念**〉と言えば、完治は望めない化学療法ですが、根治できるが局所的な外科手術と違って、薬効が全身に作用するため、身体のあちこちに隠れたがんがあった場合も、すべて叩いてくれます。この様に、化学療法の〝女神〟が説明してくれ、著者もより前向きに治療に臨めました。

若い女医さんを〝女神〟とラベリングできる由縁は、広い病院内で著者を見つけると、「ますなおさ～ん！」と60歳近いおっさんにも拘わらずファーストネームで呼んでくださる親しみやすさからです。心理系のケースワーカーなら、患者の心を掴むスキルとして習っているかもしれませんが、臨床医でもこれ（無理なくファーストネームで呼ぶこと）ができるのは生得的な素養（天性）です。

がんにせよ、自身にせよ、その細胞を動かす力は、〈**信念**〉から〈**執念**〉に進歩すればより強いと著者は実感しています。授業への〈**信念**〉を超えて、2022年度後期はライヴ授業を教室で！完徹した〈**執念**〉が、まさにそれでした。〈**執念**〉のライヴ授業を継続中、飲む抗がん剤だけでも、カタストロフィック（壊滅的）ながんの進行を食い止めるどころか、押し返した（治って来た）奇跡は、ウクライナ情勢まで思い浮かべて、授業で解説しています。著者が担当しているのは、概ね時事問題の授業ですから。但し、授業で伝える執念は、良い執念と悪い執念に分けて、身近な例で説明しています。例えば恋愛関係においては、相思相愛なら良い執念かもしれませんが、一方的なストーカーは悪い執念でしょう。

著書のライヴ授業継続への〈**執念**〉は、学生と双方向のつもりです。なぜなら、2023年度後期の授業は、自身のがん治療、その経過報告もすべて勝手に織り込み、時に「生きるとは何か。」「命より大事なことはあるのか。」など深遠な内容を挟みました。にも拘らず、がんの当事者による治療経過の開示という迫真の授業は、大学指定の学生による(匿名性を担保した)「授業評価アンケート」では、全項目に全学生からマイナス評価ゼロ！　7割以上が満点評価でした。その上、自由記述では著者独自のライヴ授業に対して、「どの教員よりも学生への熱意が感じられた。」、「毎回、学生のミニレポ(時事問題の解決依存症になってもらうための毎週課題：拙著『パンク社会学』pp.173-174.参照)を取り上げてくれ、しかも絶対に(内容を)否定しないで、より良い(使える)内容にアップグレードしてくれる。」「(コロナ禍以降、オンライン授業の方が楽だと感じて来たが、)この授業だけは、教室まで来た甲斐があります。」といった声ばかりで、改善点を挙げる学生は一人もいませんでした。こんなパーフェクトアンサーの「授業評価アンケート」結果は、近畿大学に奉職して23年ではじめてです。メンタルが弱いのにナルシシストの著者は心底感激しています。

そして奇跡の治療に臨む京大病院とは、20歳台の学生時代(1980年代後半～)、先天性左小耳症の形成手術で、何度も入退院を繰り返し、2007年には、下咽頭がんの手術と治療で約10カ月入院したお気に入りの(馴れ親しんだ)テーマパークでした(拙著『楽天的闘病論』pp.7-16.参照)。よって、今回入る新しい病棟はリニューアルしたエリアに行くみたいで、前向きに臨めたのです。

京大病院に再入院するに際して、病棟スタッフへの対応や自身の振る舞いは、すべて昨年の5月に入院した京都府南部の地域基幹病院で構築した超病のための倫理観を踏襲しています(本書、第I部「2度のがんで、超病の倫理学」参照)。そのためか、病棟で人間関係に苛まれることなく治療に専念できました。自身のものとはいえ、先行研究の意義が解ります。

後日談ですが、ニュース番組で、順天堂大学医学部に留学しているウクライナ人の形成外科医が、語っていました。砲撃で、下顎が吹っ飛んだ患者の顔を再建するなど、細い血管も繋げる技術を学びに来たと。インタビュアーが医師のスマホで見せられた被弾した患者の映像は、この番組では放送できないとのことでした。著者が手術で下顎から喉頭まで浸潤したがんを全て切除していたら、放送できない顔になり、更に16年前に下咽頭がんの手術で繋ぐべき血管も全て取っているので再建もできません。一生、放送禁止の顔なっていたのです。外科手術か、化学療法か、恐ろしい運命の分岐点だった事を、ウクライナの現況を報じるテレビ番組に教えられました。

2 伴病の宗教学へ

がんを乗り超えるための後ろ盾になれる倫理学。がんと共存するためにも後ろ盾になれる宗教学。そして、シェルターとして意識だけでも逃げ込める先の文学。人文学の可能性を探ります。キーワードは、大学における授業最優先の〈信念〉から、授業継続の〈執念〉へ。さらに〈祈念〉で念仏を唱える境地にたどり着くのでしょうか。果ては、〈想念〉で自ら描く文学へと続きます。

まず、病気に向き合うために必要なことは、その病気に関する情報を供給される、即ち「教育」を受けることでしょう。2007年、はじめてがんを告知された著者は、信頼する医師たちから、がんという病気の内実と対応する術の概要を教えてもらいました。そして、今回も主治医たちから、手術の可能性と化学療法の限界も説明してもらった上で、納得の選択ができています。

そして、当事者として闘病することになるのですが、人文学に越境しながらも社会学者としては、がんもなるべく客観視→相対化して、楽天的に向き合い→乗り越えて行けたのが、最初の経験値です（拙著『楽天的闘病論――がんとアルコール依存症、転んでもタダでは起きぬ社会学』pp.1–87. 参照)。

さらに、2度目のがんともなれば、老成して徳を積んだ証《あかし》に、巻き込む周囲のなるべく多くの人間たちに幸福をもたらすようにと考えることができました。その志向倫理に基づいて振舞ったライフストーリーが、本書の第Ⅰ部「2度のがんで、超病の倫理学」です。

しかし、そのがんが再発したら、さすがの著者も倫理的に対応するなどと冷静沈着には言っていられませんでした。今回は、たまたま化学療法の〝女神〟に出会えましたが、その先は藁《わら》をもすがるように、神仏にすがるしかないのかと、宗教学を適用する考えに至ったのです。しかし、その場合でも、アルコール依存症から回復している当事者としては、常に何かを拠り所としてしまう気質を自覚し、過度には依存せず、距離を取れる感覚も忘れてはなりません。よって、宗教ではなく、宗教学なのです。

実は、著者も初詣やクリスマスなど、儀式をレジャーとして楽しむことは肯定していましたが、心底は反宗教でした。かつては、宗教にでも頼らなければ生きていけない人間は、生きる資格などないとまで考えていたのです。そんな著者が化学的な反応は裏切らないとアルコールに頼って、依存症になったのですから、ブラックジョークのような人生です。しかし、その経験値から学んだこともありました。宗教でも、アルコールでも、心を癒す「手段」ではなく、「目的」と化したら、病理現象にもなりかねないという現実です。

まさに「目的」としての信仰ではなく、がんを乗り越える「手段」としての信仰にするために、距離を取るためのアカデミズム（著者意訳：科学的に妥当な考え方）の感覚が必要なのです。よって、宗教ではなく、宗教学に近いスタンスを取りたいのは、「手段」が「目的」化したアルコール依存症から回復している著者が、日本アルコール関連問題学会に所属しているのと同様のパースペクティヴ（見方、距離感の取り方）と言えるでしょう（拙著『パンク社会学』pp.162–163.「10　手段が目的化（自動化）したら！　依存症を疑え！！」参照）。

「手段」とは、代替可能な場合が多いものですが、「目的」は、定めたからには不変となるケースが主なのではないでしょうか。確固たる「目的」のために、〇〇するといった具合です。例えば、大阪から東京に行く「手段」は、新幹線もあれば、高速バスもあれば、飛行機もあります。しかし、新幹線しかないと決めたら、新幹線は「目的」と化すでしょう。よって、著者は再発したがんの苦痛を精神的に乗り越える「手段」として、後に述べる通りイコールパートナーである妻が信じる仏教の〈祈念〉を一緒に行いましたが、それは一時的な信仰で、絶対的な帰依、つまり「目的」としての信仰ではありません。

悪例ですが、著者は、心を癒す「手段」であったはずの飲酒が、折れそうな心を支えてくれるのは、アルコールしかないと信じてしまった時から、飲酒が「目的」と化して依存症に陥りました。同様に、信仰が「手段」ではなく、「目的」となった場合、大切な家庭も顧みずに、時として破産するくらいの献金をしてしまうなど、全財産を「目的」に投じても構わないと考えてしまうケースが生まれるのではないでしょうか。

著者の場合、「2　入院中も、教育者であり続ける！〈信念〉の倫理的な意義と〈執念〉の効用」の章（p.21参照）に、「手段」にできる考え方が明示してあります。そこでは、著者のがんに対する恐れや不安を忘れさせる「自己治療」（self-medication）という「目的」のために、学生たちへの〝分刻み〟の指導を「手段」にできたと述べていました。つまり今回は、がんの再発に見舞われたケースで、がんへの忌避感を拭う「自己治療」という「目的」のために、まずは「手段」として（宗教への）信仰を使いたいと考え、〈祈念〉を行ったのです。

また、宗教の効用を心底は信じていなかった臨床社会学者の著者としては、縋る対象をアカデミズムの範疇に入れることによって、宗教でも応用すれば問題を解決できるはずだと学者脳を納得させられるのです。結果、社会も相対化して、はじめて問題点と解決策がわかる社会学のように、宗教も相対化した宗教学の視点に少しでも近づければ、学者としての著者には、一時的ではあれ神仏に〈祈念〉する妥当な動機づけとなるのでした。

以上の様に再びがんを乗り越える試行錯誤の思考実験の結果として、邪道かもしれませんが、宗教も相対化した上で、がん対応の「手段」としての〈祈念〉が効くのではないかと考えました。「目的」はもちろん、がんを心身ともに克服することです。

マックス・ウェーバーの原論まで遡れば、がん社会学の本が一冊書けるくらい複雑で難解な問題なのですが、多くのがん患者が考えられるように単純化してみましょう。再確認すると、著者がアルコール依存症から回復する過程で使った方法論と同様です。著者はトラウマ（心的外傷）やストレスを解消するという「目的」のため、「手段」であったはずのアルコールが、「目的」と化した時点で依存症という病となり、抜けられなくなりました。回復できたのは、依存症を学問のテーマとして客観視、相対化できたからです。よって、がんを心身ともに超克するという「目的」のために、あくまで「手段」としての**〈祈念〉**を用いる学究のスタンスを保ち続けられれば、一時的に宗教に縋るのも有効な「手段」となるのです（拙著『パンク社会学』pp.162–163. 参照）。

当初、副題の一部に宗教学と銘打つだけではなく、その内容も著者が大学院博士後期課程単位取得退学の頃から参考にさせて頂いていた脇本平也先生の名著『宗教学入門』（１９９７）を換骨奪胎するようなアプローチで筆を進めるつもりでした。ところが、やはり臨床を優先する著者の態勢には荷が重すぎたのです。第Ⅰ部で倫理学を援用する場合に、まずは加藤尚武先生の名著からフレームワークを拝借しようとしたが叶わず、割愛したのと同様です。

そこで今回は、宗教のルーツをたどるなど、深すぎて間に合わない探究を試みるより、今その宗教には、著者が抱える問題を解決できる拠り所があるかどうかだけを検討しました。そのために、より多くの信者が遍在しており参照しやすい（民族宗教以外の）世界にまたがる三大宗教を参照してみます。そして、これまで著者の人生において、身近な生活圏内に存在していた信者に対する自身の学者脳が無意識にも行っていた質的な調査の一端を思い返し、どの信仰なら著者にとって「手段」にできるのかを検討してみたのです。一端に当たる調査対象者の中には、信じる教義からご都合主義的な正当性を主張する方もいらっしゃいました。でも、それらはマックス・ウェーバー著『プロテスタンティズムの倫理と資本主義の精神』が天職の合理性をプロテスタンティズムの倫理的正当性と結びつけたのと同様です。但し紹介するのは、いずれも心底の信者のため、信じる内容を偽る方はいらっしゃいません。振り返ってみて、原則として人間不信の著者でさえ、信頼できる信者さんたちでした。

まずイスラム教ですが、多くの日本人にはまったく馴れ親しんだ経験値がないでしょう。著者も同様ですから、拠り所にするには距離があり過ぎます。

しかし、唯一ある接点に、著者が研究歴をスタートさせた大学院修士課程時代（1980年代後半）、在籍した研究室でサウジアラビアからの留学生と交流しているのです。合宿などでは寝食を共にして、宗教に関しても意見交換した経験がありました。彼は本来、国境などない砂漠の民らしく、アナーキー（無秩序）な言動が多い方でしたが、イスラム教の儀式的な戒律だけは、断固として守り抜きました。例えば礼拝の時間になると、大学院の授業も中断させますし、外食ではハム（豚肉の欠片）だけでも入ったメニューは一切口をつけず、豚肉入りという表示がなかったとクレームを言って、一切代金も支払いませんでした。この人物の印象だけで、イスラム教を語るのは問題があると思われるでしょう。しかし、日本語が堪能な彼は、大学院を出てから、サウジ国王の日本語通訳を経て、最終的には国を代表する外交官のトップとして日本に戻って来られたのです。

そんなイスラム教徒の彼に対して、無軌道だった著者は大学院時代、先輩たちが止めるのも聴かずに、果敢にも率直な意見交換をしたのです。当時から、著者はパンクな臨床社会学者でした。

著者が人類史を振り返って述べたイスラム教に対する所見の要は、次の3点です。

1．農耕文化の成立が困難だった地理的な環境においては、人間社会に国境もなく、狩猟文化そのままに人間同士でも盗《と》ったり、奪《と》られたりの動物的な相互行為が連綿と続くのは、自然なことでしょう。そこでは、日本のような水田中心の農耕文化という歴史で、ミーム（文化的な遺伝子）に染みついた慎み深さ、具体的に言うと定住する皆の命に係わる水の共同管理といった暗黙のルールなどが生まれることはありえません（拙著『高齢者介護と福祉のけもの道』pp.30‒31. 参照)。
2．しかし、そんな無法（法概念がそぐわないという意味）の民たちにも古来、最低限の規律を守らせて、人間社会を成立させる必要はあったでしょう。その「手段」として、自然発生的な神による啓示が、呪縛として沸き起こるのも、人間ならではの知恵であり天然だと言えます。それが厳しい戒律として結実したのがイスラム教なのではないでしょうか。
3．そして、日本において連綿と続く暗黙のルール同様に、長期間に蓄積されたイスラム教のミーム（社会的な遺伝子、原理）は、近代化のプロセスという短期間だけで、自称先進国の欧米が備えた民主主義の倫理観や資本主義の国際秩序に上書きされにくいのも当然だと言えるのではないでしょうか。

当時、サウジの留学生は常に己の欲望に忠実な言動を繰り返されていましたが、後に国を代表する外交官のトップになる人物です。聡明な彼は、著者の忌憚《きたん》のない指摘を、全く否定しませんでした。ファミレスで、ハムが入っていたピラフには断固支払いも拒否した彼がです。そして、著者の見解が少なからず妥当であれば、日本の風土に馴染んだ国粋主義者でもある自身の拠り所に、イスラム教は適切ではありません。

では、世界最多の信者を擁するキリスト教は、著者の拠り所にできるでしょうか。日本人でも、クリスマスは馴れ親しんだ行事です。
しかし歴史を振り返ると、国粋社会学者の著者が持つイメージは、帝国主義の方弁としての布教でした。

例えば、日本では戦国時代、スペインの宣教師たちの暗躍で、キリシタンとラベリングされた民衆の蜂起などが挙げられます。中南米などは一部で、そのままキリスト教が民衆を飲み込んでしまい、今に至る印象です。もちろん日本は、完全には飲み込まれませんでした。現代の日本においても、クリスマスはエンタメ化して、特にバブル期（１９８０年代）に楽しんだ記憶がある著者ですが、心底飲み込まれてはいません。

但し、これまた大学院博士後期課程時代（１９９０年代前半）、輸血などの現代医学を否定した聖書原文主義の教団を信じているガールフレンドとの深い接点がありました。離婚経験のある彼女は、就学前の女の子を抱えた母子家庭の苦境を乗り越える「手段」として信仰に目覚めたと話してくれました。しかし、著者と向き合った時には、既にその信仰が「目的」と化していたようです。なぜなら、彼女は最も大切な自分の子どもが命の危険にさらされたとしても、教団が解釈した聖書に反する現代の医療は受けさせないと言明していましたから。そんな彼女を脱会させようと論争し、物別れに終わった経験値が、著者にはあるのです。

当時から著者は、神がいるとも、いないとも確定などし得ないという不可知論者に近い立場でした。それでも臨床社会学者の著者はフィールドワークを厭《いと》いません。彼女に連れられて東京ドーム３日間満杯の信者集会にも参加し、高学歴の幹部とも意見交換をしたのです。教団幹部の方からは、まったく相容れない思想信条を有しながら、喧嘩腰にはならず、聞く耳を持っていた著者の態度（拙著『サバイバル原論』pp.9–69.「I・どんな意見にも、一理ある」参照）に、「徳の高い方ですね。」とは評価して頂きました。しかし最終的には、教団が示す神の存在を信じ切ることでしか生きてはいけない彼女から、こう最後通告されたのです。（教団が示す）神がいないことを証明できないなら、あなたに私を脱会させる資格はないと。確かに、学問は存在を証明するのはできるかもしれませんが、存在しないのを証明するのは困難です。そして、袂《たもと》を分かちました。教団に代わり、著者を信じて（に依拠して）もらうことはできなかったのです。逆に、これまでも日本の医療に何度も生命を救われ、この先も現代医学を信じることで生き残ってゆくのであろう著者には、聖書原文主義に限らず、現代医学の後ろ盾にある自然科学を１００％肯定できないキリスト教は受け入れられませんでした。もちろん、キリスト教系大学の医学部も存在するので、ジレンマはありますが、ジレンマがあれば潔癖症の著者には信仰などできません。

そして後に、アルコール依存症との診断を受け入れて回復した著者は、アルコールに頼ることでしか生きていけなかった（アルコホリズムの）自分に照らして考えてみました。結果、私見ながら、信仰もあり方によっては、アディクション（嗜癖、耽溺、依存）の精神病理として、共通点を見出すに至ったのです（拙著『パンク社会学』pp.162–163. 参照）。

つまり、信仰も飲酒も「手段」ではなく、「目的」になったら、著者にはコントロールできません。

③ メディア論者の宗教学序説

では、宗教は幻想でしょうか。

現在、メディア技術の発達によって、より難題になったとされる、何がフェイク（ニセの映像や情報）で、何がディープフェイク（高度なニセの映像や情報）なのかという診断や、何が本物かという判断は、大きな社会問題です。今やディープフェイクで作られた要人の映像を鵜呑みにして、オバマ元大統領がこんな事を言うのはひどいなどと断じてはなりません。オバマの映像は作られたニセモノかもしれない時代だからです。結果、フェイクかどうかが見抜けない場合には、誰が言うかは関係なく、言った内容がひどいか（どうか）だけを検証する時代になるのではないでしょうか。つまり、誰が言ったかが関係なくなれば、わざわざ元大統領に言ってもいない事を言わせるフェイク動画を作る意味も無化できます。そして結局は、内容のみが正当性を持つかどうか問われて、批評の対象になる健全な時代になれば、ひとつの決着を見るのではないでしょうか。

よって、マーシャル・マクルーハンのメディア論を誤用したと批判された竹村健一さんのメディア論に対しても、マクルーハンは、こんな事を言っていないと責めるのは、非生産的です。誤用されたメディア論が有益であれば、誰が言ったというラベルを剥がして、正当に使える部分だけを「手段」として使うのが、著者の流儀でした（拙著『サバイバル原論』pp.39–41.参照）。

何が事実で真実か、などという真偽に関する正解のない問いは、人類が〝神〟を思いついた時から、解けない宿命だったのです。よって著者は、フェイクであろうが、真実であろうが、その情報の内容に自分が共感できるか、そしてその内容が誰かのために正当で有益に使えるかという判断だけでしか受け容れず、影響もされません。同様の価値基準で、ウェーバーの名著『プロテスタンティズムの倫理と資本主義の精神』も書かれたのではないかと、著者は穿《うが》っています。

ですから、たとえ竹村健一さんが、マクルーハンのメディア論を誤読して援用していたとしても、その誤って援用した内容に納得できたなら、そして社会問題を正当に解決するため、その誤って援用されたフレームワークが有益だと判断したら、竹村さんが誤用した学説の内容のみを「手段」として著者は使います。原文に忠実でさえあれば、内容に納得できなくても優先するような、無益な考えは持ちません。余談ですが、マクルーハンの原文に忠実であればあるほど、論理が破綻しているとしか読めない著者でした。

もちろん、虚偽だとわかっていて、真実だと言い張るのは、犯罪に値します。

そこで、フェイクであろうが、神の啓示であろうが、真偽はわからないという大前提で、出所《でどころ》がどこであれ、その内容が、多くの人々が抱える問題を正当に解決する「手段」に使えるかだけを、自分で判断するべきだと著者は考えました。結果、その内容が多くの人々にとって幸福(／リスク小)をもたらすように利用できれば、高次の志向倫理にも適うのではないでしょうか。そして、情報論や情報学の見地からも、それ以上の善悪は問えないというのが著者の倫理観です。それでも虚偽の可能性を一切許さないという立場を取るのであれば、全ての宗教を、根拠がないと完全に否定するべきでしょう。

再び余談ですが、誰でも作れるフェイク映像が、溢れれば溢れるほど、責任の所在が不明なケースも多いネット環境は、信用を失っていくはずです。そしてネットより、責任の所在が明白であるために、原則として情報を確認した上で発信してくれるマス・メディアへのユーザー回帰が進めば、竹村健一さんばりにテレビ好きの著者は安心できるのでした。

宗教の多くは、全人類がその宗教の信者になれば、世界平和が訪れると信じているのでしょう。その考え方は一理あるようにも見えます。しかしそれが達成されるまでは、異教徒を説得(布教)して改宗させようとし、応じなければ時には聖戦によってでも、暴力で従わせ(信じさせ)ようとします。それでも従わ(信じ)なければ、亡き者にしなければならないという考えや行動に至る恐れも、否定できないでしょう。つまり、全人類を同じ宗教の信者だけにしなければ、世界平和など訪れないと結論付けられるのが、多くの宗教の宿命なのではないでしょうか。だから、宗教対立から、争いや殺戮はなくならないのでしょう。しかし、現実にはどの宗教も拡大できたらまとまりが崩れ、必ずと言っていいほど、その宗教内で宗派が分かれて争っています。キリスト教然り、イスラム教然りです。部外者から見れば、まるで革命思想のテロ集団における内ゲバの様相です。よって、宗派の対立という歴史を紐解けば、全人類がその宗教の信者になれば、世界平和が訪れるから布教や聖戦に勤しむという動機づけは、進化した人類の正統な行動原理とは言えないでしょう。

著者は、もしも再びがんと自分の体内で遭遇した場合、闘うのではなく、がんも自分の細胞だからと共存する道を模索したいと考えていました。闘うのは1度で疲れましたし、2度目のさらに再発ともなれば、落ち着いて超越することもできないと予感していました。そうなれば、最早がんを異教徒と見做《みな》すのではなく、共棲して少しでも穏やかに、共に天寿を全うするような緩和ケアなどで、終末医療を望むのではないだろうかと漠然と考えていたのです。

そして今回、再発という診断で、そのがん対応に迫られたのです。

すると2022年7月8日、英科学誌『ネイチャー』に、大腸がん再発の仕組みを解明した論文が掲載された慶應大学の佐藤俊朗教授が、再増殖の働きを弱める薬剤を投与して、がん細胞を抑制しているというニュースを見つけました。

佐藤教授は、以下の様に述べています。

「がん細胞を完全にゼロにするのは不可能。コントロールできた状態で寝ていてもらう方がいい。」

（「大腸がん再発の仕組み解明＝化学療法『しがみついて』回避―慶応大」『時事メディカル』2022.07.08. 02:17.??https://medical.jiji.com/news/53140）

佐藤教授の所見は、まさに《伴病》の状態を指しています。

そして、現在のがんゲノム医療には、さらに希望が持てます。患者の遺伝子を見て最適な薬を投与し続ければ、がんを消滅はさせられないにせよ、大きくもさせないでコントロールできる治療が（腫瘍マーカーの値を見ながら）はじまっているのです。つまり、糖尿病が、血糖値を見ながら適正なインシュリン注射を続ければ、完治は難しくてもコントロールできる慢性疾患になったのと同様です。結果、がんの一部は、死に至る病ではなく、一生付き合う慢性疾患だと考えられるのかもしれません。それ即ち、人間ががんと同じ身体で伴走して生きるのです。著者は、がんの診断を受ける前から、インシュリン注射を打ちながら、糖尿病とは伴に生きて参りました。

そして最終的な死因は、がんではなく、他の病気か、天寿を全うすることになり、がんとは伴病の人生観が叶うケースも出て来るでしょう。この話は、神がかりだと聴こえるでしょうか。但し、著者が信頼している生物学の論理に則り、生き残る生命の条件が、環境への適応性だというのであれば、人体と伴に生きるがんしか、後世には遺《のこ》らないはずだとも考えられるのでした。

「治療できる範囲である早期がんは、『外なる敵』だと思って早々に縁を切るのがいいのです。

悪さをするようになり、治療が難しい状態になったら、今度は正真正銘の『内なる敵』として対応し、共存していくのがベストでしょう。」（樋野興夫『がん哲学外来へようこそ』p.163.）

パンデミック（感染大流行）の当初は、あれだけ恐れられ、「ゼロコロナ」が唯一の解決策かのように謳われていた新型コロナウイルスに対しても、たった3、4年で（相手は、生物でもないのに、）「Ｗｉｔｈコロナ」とか言って、〝共存〟の声が大きくなった人類たちです。

がんと共存するしかないのかもしれない著者ですが、既に罹患しているアルコール依存症も、アルコール最優先の回路は脳から消えません。どうやって回復を続けているかというと、アルコールより優先順位の高い生きがいを見つけて邁進し、脳が生きがいを優先（上書き）して、アルコール依存症の回路を眠らせているだけです。そして著者の生きがいとは、近畿大学での対面授業とアルコール依存症に対応する研究です。がんも、がんに勝る何かで、がん細胞の活動を眠らせられれば、一生共存できるかもしれません。そのがんに勝る何かが、抗がん剤だけなのか、著者の生きがいなのか、これから実践してゆきます。もちろん著者の生きがいは、近畿大学でのトークライヴ（授業）とがんに対応する研究です。

２０２２年度の前期は、比較的簡単な手術で一段落できたため、入院中も倫理観を高めることで乗り越えられましたが、後期は、最初に喉頭まで取る手術を宣告されたため、なす術もなく天に縋る宗教観しか、著者の学者脳にも思考回路が至りませんでした。

ここで、日本人の多くには最も身近であろう、仏教を拠り所に考えます。

もちろん歴史を振り返れば、日本でも戦国時代、石山本願寺の僧兵などは好戦的だったとラベリングせざるを得ません。しかし、イスラム教やキリスト教と違い、唯一の神がいない世界観は、解釈の自由を許容しているかにも見えるでしょう。そのため、ＡＤＨＤ（注意欠如・多動性障がい）の著者には受け容れやすく、教壇から正解は一つではないことを説く臨床社会学者で大学教授という立場から捉えても、適応できる考え方でしょう。

がんと共生、共存するとは、伴侶にするような感覚です。よって闘病、超病に続く、諦観の境地からとはいえ、伴走ならぬ《伴病》とラベリングできるのでした。第一、宿主に当たる著者の身体を滅ぼし、同時に自分も滅びる末路は、進化も現状維持もできないがん細胞で、いつかは絶滅するはずです。後世にも残るがん細胞でありたいのであれば、環境に適応して生き延びるしかないでしょう。つまり2度目のさらに再発のがんなら、がんも著者も、2度は生き延びた経験値、生命倫理から、より共生、共存を確かなものにするはずだと考えられるのです（拙著『楽天的闘病論』pp.23-34. 参照）。

いよいよ宗教学者でもあり、幻想作家、文学者でもあったミルチャ・エリアーデの思考回路のように、虚構の世界観に近づいて参りました。

そこで、前著で解説した家族関係と同様に、国際紛争とアナロジーしてみると説明しやすいです（拙著『高齢者介護と福祉のけもの道』参照）。

２０２２年にウクライナは、侵攻して来たロシア軍と闘って、一旦は押し戻したかに見えました。（≒闘病）しかし、国内にいる親ロシア派を一掃する事はできず、いつかは落ち着いて交渉のテーブルについた（倫理的な転回）後には、共存、共生するしかないのでしょう。

子どもの頃から、仏事の度、我が家に代々受け継がれた仏壇の前で般若心経を唱えさせられていた著者です。よって、断片的ではありますが、空で般若心経も唱えられます。そして唱えている最中の心境とは、明鏡止水とラベリングしても過言ではないでしょう。それは、２度目のさらに再発のがんに見舞われて、とうとう諦観した境地を説明するには、ぴったりの心理状態だと、今思います。

現在、再発したがんを化学療法で抑えながらも、２度のがん治療の後遺症から、上手く食事を摂《と》れないという事態に対して、咀嚼や嚥下しやすい食事を工夫して料理をしてくれ、常に著者の無事を〈祈念〉してくれているのはイコールパートナーの妻です。心から感謝しています。そんな著者の命をつないでくれている妻は、政治とは関わらない真言密教系の仏教徒でした。この環境において、学者としても説明し適応できる妥当な運命としては、再発したがんに対して、妻と同じ仏さまに〈祈念〉するのが最善の策だと考えます。

妻は、毎日、家の仏壇に〈祈念〉してくれています。本当に、ありがとう。そして……

遂に、２０２３年の元旦、かつて反宗教！を謳っていた著者も妻と伴に、妻が信仰するお寺にお参りに行き、〈祈念〉しました。

さらに、強力な抗がん剤治療で入院する直前には、妻が霊験あらたかなお護摩を申し込んでくれたので、著者も妻と伴に、Ｗｅｂですが護摩法要に参座しました。そこで、（心の中で、抗がん剤が良く効きますようにと〈祈念〉しながら、）薬師如来のご真言をお唱えしたのです。

その先も（心の中で、生き残って授業継続ができますように〈祈念〉しながら、）普賢延命菩薩のご真言をお唱えしました。

反宗教だった我が人生を振り返ってみると、著者が前述の大学院博士後期課程時代、当時のガールフレンドが信じたキリスト教系聖書原文主義の教団集会へ参加して以来の参拝です。しかし今回は、イコールパートナーの妻と伴に心底〈祈念〉しました。

そして一時でも、仏教徒の心境とシンクロすると、関係する情報が目につきます。例えば２０２２年、虫に対して高次の優しさを表す共生の商品が、大学生によって開発されました。「触らずむしキャッチリー」。殺虫剤とは真逆のコンセプトで、透明な箱で虫を捕まえて、そのまま外に持って行き、そっと逃がすことができる商品なのです。害虫でないなら、無益な殺生はせずに共存するという考え方から出て来たアイディアでしょう。実は、悪意のある人間に向かっては、悪意で対抗する急進的な著者も、子どもの頃から、人間ほど心底の悪意があるとは思えぬ下等生物に対しては、常に慈《いつく》しみの心が優先されていたのです。結果、著者は蚊もゴキブリもなかなか殺せず、度々逃がしてやる人間だったのです。それは、まさに殺生を戒める仏教の教え、五戒の一つにも通じます。五戒には、お酒も慎む戒めもあり、アルコール依存症からの回復のためとはいえ、断酒9年の著者には適合しているのでした。

そして殺生への戒めは、もしも、がん細胞が、身体を死に至らしめるほど有害ではなくなったとしたら、人体における最大多数の細胞の最大幸福（／リスク最小）をもたらす倫理的な共存という可能性も夢想できます。

第一、多くの人のためになる行為は、仏さまから報いられるという「功徳」の教え、考え方は、仏法のルールを敷いた上での功利主義にも通じる倫理観に他なりません。

余談ですが、日本固有の宗教には、神道があります。

初詣などで馴れ親しんでいる宗教だけに、著者も否定することはありません。但し、特に関西でよく見受けられる事例ですが、町内会（自治会）が、神社の手先として使われる慣習には、大いに違和感があります。例えば、著者が町内会の当番で組長をさせられた時は、信者でもないのに、地元の神社への寄付集めに、必ず全戸を奔走させられたのです。もちろん、信者さんが、町内を寄付集めに回られるのは否定しません。しかし、信者でもない町内会の役職者に、寄付集めを代行させるのは、明らかに思想信条への侵犯でしょう。これは、募る額が小さいだけで、霊感商法や高額献金で問題になった某宗教よりも理不尽な動員ではないでしょうか。町内会の役職が回って来たら、神社のお祭りや行事にも動員され、参加しなければ白い眼で見られたり、後ろめたい気持ちにさせる有形無形の同調圧力も、救済とは程遠い神様のご威光です。このせいで、著者のメンタルは、神道から乖離して行くばかりでした。

　また、政治家との癒着も社会問題化した某宗教では、「宗教2世」がクローズアップされました。親の信仰を別人格の子に強制する問題です。しかし、これは某宗教だけの問題ではないでしょう。例えば著者は、両親が勝手に決めたお寺に建てた墓を、親が死んでも一生面倒見なければならないのです。これまで信仰とは無縁で、相対主義の立場を取って来た（今回は人文学に越境しながらも）社会学者の著者には、金銭的にも精神的にも大いなる苦痛でしかありません（拙著『高齢者介護と福祉のけもの道』pp.59–61.参照）。よって、信教の自由と基本的人権が憲法で謳われている国においては、全ての宗教で2世問題を、相続と同様に法整備で対応すべきだと著者は考えます。

　もちろん、何度もがんに直面した時に限らず、あらゆる難題で万策尽きた時には、著者も理由も根拠もなく神仏にすがるかもしれません。但し、社会学者の矜持にかけて、あくまでも自身の難局を乗り越えるための「手段」として信仰を持つ姿勢であり、決して信仰を「目的」にして、周囲も顧みない倫理にもとるような言動には走らないよう肝に銘じています。よって、あらゆる信仰は、自分で信じ方まで選ぶことであり、他者から宿命づけられるのは、明らかに人権侵害だと言えるでしょう。

4 そして、〈祈念〉の結果論

著者には、手術が、結果としてがんの全摘出や命の保証をしてくれるより、後遺症として身体機能の損失が患者に精神的なダメージを与える方が大きい場合は、ベターな選択だとは思えません。根治の可能性がある手術を回避した場合、がんと共存せざるを得ないため、最悪のケースではがんが増殖して死に至る危険性もあるかもしれません。それでも、化学療法の方が、患者によっては精神的にがんを乗り越えられる場合もあると著者は考えます。例えば、化学療法でＱＯＬを延命している間、家族で神仏に〈祈念〉することによって心の平穏を保てるのが、文明を築いた人類だけの叡智なのではないでしょうか。

そして、〈祈念〉は通じました。いざ入院してみると、強力な抗がん剤「フルオロウラシル」（24時間6日連続の点滴）と「シスプラチン」で、がんを抑制する『化学療法』だけではなく！　京大病院では、ノーベル賞の本庶佑先生が編み出した免疫治療薬「オプジーボ」と同じレベルの「キイトルーダ」を使う『免疫療法』の点滴（注：自身の免疫ブレーキを外してキラーT細胞を勢いづかせ！　がん細胞を総攻撃させる試み）で、も適用すると頭頸部外科の主治医が説明して下さったのです。それは、重篤ながんで『遺書』まで出版された森元首相が、起死回生を遂げた治療法です。

主治医曰く、抗がん剤が劇的に効くレアケースの前田さんには、長期戦になるが、京大医学部が誇る最強の治療を全て注ぎ込んで！（手術せずに）万が一の治癒も目指すとのことでした。著者も研究対象になる趣旨の承諾書には、即サインしました。もちろん、大学病院は研究機関でもありますから、当然の手続きです。しかし今回は特に力強く！分野は違えど同じ研究者として研究対象となる事を喜んで、署名と捺印を致しました。こちらの研究成果も楽しみです。

そしてやはり、天は見放さなかった。だって長期戦？まだまだ、死なんぞ！肉声で授業するぞ！！２００７年の声帯を残した下咽頭がん手術と同様、著者は常に実験的な奇策を選んででも、不死身を貫きます。

余談ですが、京大病院では希望したトイレとシャワー付き有料個室に入れました。これで昨年5月に入院した時の様に、共同シャワーの時間枠争いに巻き込まれる心配はありません。（本書p.105参照）病室は、東京で17年間、一人暮らしした学生時代と同様の居住環境です。そこで身近なテーマの卒論や修論を書く様に、変則的な当事者研究でもある本書の草稿執筆に集中できました。

とはいえ、著者は病棟で個室でも唯我独尊にはなりません。２０２２年5月に、京都府南部の地域基幹病院で研いた倫理観が映えます（本書第Ⅰ部「超病の倫理学」参照）。

例えば、シャワー付き個室なので、いつでもシャワーは自由に浴びられる環境ですが、連日24時間、点滴で抗がん剤投与を受けている身としては、シャワーを浴びる前には看護師さんに一時点滴を止めてもらい、腕を防水する処置が必要でした。シャワーを浴びたい時は、いつでもナースコールで呼んで下さいね。とは言われていたものの、超多忙な看護師さんたちに、少しでも作業の軽減をしてもらいたい著者です。そこで、必ず点滴の交換時に、シャワーを浴びる事にしますと宣言して、看護師さんの点滴交換とシャワー対応を1度で済ませられるように考えました。どの看護師さんも、びっくりされていました。そこまで気を使って（効率的に）、入院生活をしてくれる患者さんははじめて見たと。こうやって喜んでもらえると、著者も16年前のイキった入院生活から、倫理的にも進歩したと言えるのではないでしょうか。こうして今回の入院生活は、むかつきなどの副作用ある抗がん剤点滴の最中でも、食事を大盛りリクエストして完食を続けた武勇伝と共に、ナルシシストの臨床社会学者ならでは、病棟内のルールに則った最大多数に最大幸福をもたらす展開となるのでした。

そして化学療法が劇的に効いた著者の様な患者限定であったのかもしれませんが、奇跡の治癒もあり得る「免疫療法」という選択肢が与えられたのです。まさに天命。〈祈念〉の賜物でしょうか。結果は、相性が良ければという超限定的ではありますが、主治医曰く、「前田さんの場合は、化学療法の抗がん剤が、野球で言えば三塁打に匹敵する効果を生んだので、免疫療法で（ホームに）生還できると信じて、がんばりましょう。」でした。生得的なセンスや才能しか認めない著者は、がんばるのが大嫌いです。でも今回だけは、著者が天職と決めつけたライヴ授業の継続が保証されるのであれば、透析ほどの拘束ではありませんが、しばらくは続く点滴人生も踏ん張れます。

主治医とは別で、入院時だけ病棟での担当医も、若い女医さんでした。化学療法の〝女神〟は、お茶目で理解のある救世主でしたが、こちらの女医さんは、対応からして手際良さそう。例えば、女性ながら、端的な会話には反応してくださるが、こちらが少しでも長い会話を仕掛けるとスルーされるのです。いずれにしても、情報伝達も効率が最優先のクールな女医さん。しかし、著者の短い（鋭い）ボケには、クスッと半笑いしてくれるから、取り付く島はあります。

例えば、2022年末、抗がん剤が劇的に効く前に撮った、口内の末期的な病巣を改めて見せられて、「覚えてます？」と聞かれたので、「はい。すべてが終わったと思いました。」とひと言で片付けると、病棟の〝女神〟もクールに半笑い。当たりに硬軟の違いはあれど、やはり著者には〝女神〟に変わりはありません。それに、鼻から口から入れるファイバー捌《さば》きが、しなやかで上手な病棟の〝女神〟。一度も鼻腔も喉もどこにも引っ掛かりません。これが以前、〝ゴッドハンド〟に、ファイバーを鼻から入れられた時は、必ず粘膜に引っかかって刺激されては、くしゃみが連発して、処置室がいつもパニック状態でした。と言ったら、病棟の〝女神〟にもウケました。

また、抗がん剤の副作用か、がんの増殖か、患者にはわからない潰瘍が舌の左の付け根あたりにあって、少し裂くように痛みはじめた（がんが頸部に浸潤した時と同じ）と看護師さんに訴えた時の事です。連絡を受けた外科医でもあるの〝女神〟は手術日にも拘らず、オペの合間に病棟に駆けつけてくださり、しなやかなファイバー捌きで診察。画像を見せながら、「がんの部位が拡がったのではなく、別の口内炎で抗がん剤の副作用でしょう。よく効いている証拠です。」と説明してくださり、本当に安心できました。病棟の〝女神〟は、最初クールビューティーで怖かったけど、それが逆に外科医の彼女は、絶対に間違いのない処置をして下さるという信頼感につながりました。特に、点滴は百発百中で、入院中にシャワー浴びたり、点滴の針の入った手を動かしまくっても、一度もズレたことがありません。それをご当人のお伝えすると、笑顔も時折見せてくれます。頼もしい限りです。そう言えば今回、歯肉がんに最初に気づいてくれた命の恩人、著者の同級生だった開業医の女医さんで、小中学校から、著者の〝女神〟でした。

第一線（京大病院）からは退いていた〝ゴッドハンド〟が、今回も最初に手術をして下さった京都府南部の地域基幹病院で再発後、著者を京大病院へ送る時、老師の様におしゃっていました。今の京大病院は、より高度な人材へ〝世代交代〟しているから、任せてくださいと。それを直感させる陣容の日本最強の大学病院でした。京大病院の頭頸部外科は、かつては突出した天才外科医〝ゴッドハンド〟の威光から、多士済々〝八百万の神々〟のチームプレイに展開する世代交代が成功している様子です。映画『スター・ウォーズ』で絶望から希望へを繰り返すメインストリーム9作品の世界観を彷彿させて、成果に期待できます。女医さんたちの活躍もトレンドを超えて、本物でした。

入院中、抗がん剤に、『免疫療法』の薬、アレルギーを抑える薬など、何種類もの点滴を入れ替わり立ち替わり付け替える作業の看護師さんたちも、〝天女〟が舞う様に息がピッタリで、カーリングの北京五輪銀メダルチーム“ロコ・ソラーレ”みたいでした。因みに、数少ない男性看護師さんは、劇団ひとりさんみたいな方。今は複雑な点滴もそれぞれマシンを経由して自動化されていますが、数字を打ち込む計算が大変です。16年前に入院していた時は、手動の点滴でした。よって、アルコール依存症真っ只中、入院中は断酒していましたが、ドライドランク（飲んでた気質が尾を引く）状態で、手動の点滴を勝手に操作しては！一気飲みならぬ一気に終わらせていたパンクな患者時代が、思い出すだけで怖いです。

〝天女〟さんたちは、無駄口などほとんどなく、著者が独身だった16年前の様に口説くスキなど微塵もありません（拙著『楽天的闘病論』pp.46–61.「4 看護師（又は、研修医）とは疑似恋愛」参照）。当然ですが。

そう言えば、拙著『楽天的闘病論』から連なる本書は終始、多面的な神話の様に世界観を展開していますます、宗教学者でもあり、幻想作家、文学者でもあったミルチャ・エリアーデの思考回路に近づけたのでしょうか。

現在の京大病院は、全てのスタッフ！確認作業が鉄壁です。血液検査の結果を投薬へ間違いなく反映させる事（著者の経験上ですが、他の病院ではミスも多し）から、他の診療科との連携や合同チームの編成、検査時間が重複した場合の調整など、多くの患者が気に病む案件は全部、患者が言いさえすれば即処理して、さらにわかりやすく説明して下さいました。ｉＰＳ細胞やオプジーボと同様、京大病院のスタッフは16年前から、さらに進歩しています。

余談になりますが、抗がん剤治療と「免疫療法」の結果、がん細胞が死んだら、異臭を放つそうです。口腔の患部でがん細胞が弾けて、独特の臭いがすると看護師さんが教えてくれました。著者は個室なので、がん細胞の死臭が篭って来たのか、空気清浄器が設置されたのです。

実は、16年前、ステージ4に近い下咽頭がんの治療で、京大病院に入院した時も、個室で手術まで内服の抗がん剤を投与されていた時、身体から独特の異臭が立ち昇るのを著者自身が感じていました。それを著者は勝手に、抗がん剤が効いた結果、がん細胞の死臭が漂って来たと言っていましたが、当時は看護師さんも医師も笑って取り合ってくれませんでした。それが今回、看護師さんから伝えられるとは、隔世の感です。臨床社会学者を自認する著者の直感は、間違っていなかった。

少なくとも、わが病棟におけるジェンダーフリー

医療の進歩、医療技術の革新のおかげで、今回も著者の人生は救われました。しかし、最新の技術を駆使する病棟スタッフの秒単位の忙しさは、見ている患者＝当事者＝著者が点滴される薬を確認するのも追いつけない程スピーディ。しかも正確に遂行される看護師さんたちには、ひたすら頭が下がります。16年前、巡回に来られる度に、何十分も病棟スタッフと患者である著者が、余談や雑談に興じられていた時代とは隔世の感があります。現在の看護師さんたちの俊敏な仕事ぶりは、何度も言いますが、まさに北京オリンピックの銀メダルのロコソラーレみたいな〝天女〟の様相でした。そうです。カーリングの世界でも、日本は女子の

方が活躍しているではないですか。

そして今回2回目の入院では、歯科口腔外科の〝女神〟にも救われたのです。

2022年5月12日、京都府南部の地域基幹病院で〝ゴッドハンド〟に歯肉がんを切除してもらった痕、下顎に残った歯と歯肉が無くなり剥き出しになった骨のケアで、歯科口腔外科にもお世話になっています。耳鼻咽喉科では、がんの浸潤には注力して万全の対応をしてもらっていましたが、他の病院で手術された予後は、そこにがんの潰瘍が見つからなければ、なかなか問題視さません。しかし、歯科口腔外科の歯科衛生士さんは、骨が剥き出しになった部分が拡がっている異変に気づいてくれたのです。がんは見当たりませんが、本来体内で無菌状態にある骨が剥き出しになればなる程、外から感染したら対応が困難を極めて、最悪の場合は、下顎を全部取るそうです。それでは、回避できたはずのハイリスクな外科手術と同じバッドエンドになるではないですか。もう一つ隠されていた地獄のシナリオが見えたのです。

そうならないためには、著者の左下顎の奥に剥き出しの骨を、常に感染から守る処置が必要なのでした。骨の露出部分が拡大している異変に気づいて下さった歯科衛生士さんは、専用の歯ブラシで、感染リスクが高い剥き出しの骨から、汚れを優しくかき出すやり方を教えて下さいました。早速、戻った病棟での食後は、必ず専用の歯ブラシで、歯科口腔外科の〝女神〟の教えを守っています。それでも、左下顎の奥に剥き出しの骨は、一生剥き出しのままで、感染リスクを免れません。

そこで、たとえ抗がん剤治療と『免疫療法』が成功裡に終わったとしても、歯科口腔外科の〝女神〟は「（事情が分からない他の病院では見過ごす恐れがあり、）心配なので、これからは何があっても、ずっと月に1度は京大病院の歯科口腔外科でケアの予約を入れられるようにして下さい。」とも言って下さったのです。下顎を取るリスクを回避するためには、何よりも心強い約束でしょう。

今回は、化学療法の〝女神〟に、病棟の〝女神〟、歯科口腔外科の〝女神〟たちに救われました。ドクターに限らず、歯科衛生士さんにもと、それぞれが違うご専門の〝女神〟たちに恵まれたのです。先述の看護師さんたちが、〝天女〟のチームプレイで、何人もの患者さんたちの複雑な点滴の組み合わせを、絶対に間違いなくつなぎ合わせて下さっているのも含めて、この病院ではジェンダーなど問題にするまでもなく、女性活躍に助けられて、患者＝当事者＝著者は快適な入院生活を送れました。

しかし、これでは病院のスタッフがまるで八百万の神々で、神道の世界観に近いのではないか、妻が〈祈念〉する仏教に共鳴した著者の心理に矛盾するのではないかとの指摘も予想されます。ところが、〝神仏習合〟は、歴史的にも現況を追認するための方便として使われて来たマインドなのではないでしょうか。〝神仏習合〟という知恵は、原理主義などでカルト化する恐れもある「目的」としての宗教ではなく、心の安定を得る「手段」として宗教を利用できている証左でもあるでしょう。人間は自分で考えた宗教ですから、支配されている様に見える時期はあっても、最終的には臨機応変に使いこなす利口者になれるはずなのでした。よって余談になりますが、現在危険視されがちなＡＩ（人工知能）でも、人間が自分で考えたＡＩなら、一時は大勢が高機能に右往左往させられながらも、最後には支配されるどころか、人類が利用し切った境地（特に、高齢者介護など）に至ることを、著者は期待しています。

そして〝女神〟だけではなく、今回のがん再発に際し、辞められた京大病院で世代交代された有能なスタッフに、躊躇なく治療を委ねられた天才外科医〝ゴッドハンド〟、その高潔な血脈も失われてはいません。最終的に、手術から抗がん剤治療と「免疫療法」に大きく舵を切ったのは、外科医にも拘らず新たなる主治医の男性でした。頭頸部がんの治療では、数多くの功績を挙げておられる気鋭のドクターですが、先述の通り、「がんの治療に（唯一無二の）正解はありません。患者本人の価値観に合わせて決めましょう。」という著者と全く同じ考えを示して下さり、心から感謝しています。しかし、それ故に今回、新たなる主治医の先生は、社会学者の著者とも脳（考え方）が〝同期〟（共鳴）している様に思えてしまいました。見たこともないものに心揺さぶられる〝神〟とは別の感覚です。入院中も、担当医である病棟の〝女神〟に任せっきりではなく、仕事終わりには遅くなっても病室まで来て、丁寧に症状を聴いて下さり、リンパ節も熱を持っていなければ心配ないなど具体的に安心させてもらた上で毎回、著者の肩を軽く叩く感じで、「また来ます！」なんとも心強い主治医です。よって僭越ながら、今回の主治医は最高で最強の共感者であり、どうにも〝神〟とはラベリングできません。〝同期〟（共鳴）してもらっている安心感は、〝神〟と崇めるより**素晴らしい医人**。ご理解ください。

ともあれ、16年前の天才外科医〝ゴッドハンド〟との出会いに始まり、著者は多くの神々と呼べるに値する医療者たちに守られて生き残れています。反宗教の社会学者だったのに、今は天に感謝しかありません。そして、それを宗教心とは思いたくないので、宗教学に依ると逃げて相対化しようとしているのでしょうか。但し、重度のアルコール依存症だった著者が、アルコール問題を学問のテーマに相対化し、日本アルコール関連問題学会や関西アルコール関連問題学会などで〝ポスト・アルコホリズム〟（拙著『脱アルコールの哲学』

参照）を探究し続けているおかげで、依存症も客観視できて回復し続けていられるのは事実です。

また変な話ですが、著者の場合は、抗がん剤の副作用で性欲が減退したおかげで、活躍して下さる〝女神〟や〝天女〟たちを感心して見つめながらも、エロスの欲求は抜きの竜宮城に身を置いている様な記憶になりました（注：エロス全開の竜宮城イメージに関しては、拙著『楽天的闘病論』pp.46–61.参照）。

この様に、何でも包み隠さず赤裸々に語り、（この世は）プライバシーゼロでも構わないと公言する著者は、それが臨床社会学者の使命だと、これまた勝手に考えているパンク野郎なだけです。でも、パンクでなければ、突破できない窮地もあるのでした。

そして、著者が〝ご当地グルメ〟と称して大好物の病院食ですが、強力な抗がん剤等の点滴にも最初のクールでは副作用が少なく、食欲旺盛が続いていたため、アップグレードをリクエストした初回、おかずもご飯も増量されて！　豪華な和定食や中華定食の様相でした。現在の京大病院、治療も病院食も進歩が天井知らずです。確かに、外来棟のハートフルダイニングで、唐揚げには目の肥えた妻が頼んだ鶏の唐揚げ定食なども、ひと口横取りしただけで院内食堂ではあり得ないグレードの高さでした。

大学病院は、役割分担から、重病の患者に対応する場所ですが、重病でもこれだけ恵まれた環境なら、当事者も家族も前向きになれる！　病院（病の巣窟）ではなく、まさにホスピタル（癒しの空間）でしょう。理に適っています。

著者も今回の入院は、手術もなかったので、ホテルに缶詰めでこの原稿を書いている作家さんモードでした。シャワー付き個室で、ご飯もアップグレードしてもらえて、これでがんが消えたら、役者の揃った東野圭吾ミステリーです。

そして入院中は、不思議とあんなにこだわっていたテレビを見なくなりました。特に有料個室は、カード式ではないので、点けてさえいれば見放題ですが、インプット（テレビに学び）よりアウトプット（筆跡を遺す）に向いている環境なのかも知れません、少なくとも著者にとっての入院とは、創作活動の現場です。

コラム　個人的なパンク脳科学

また、抗がん剤は、がん細胞の働きを抑制するための薬ですが、正常な細胞にもある程度効きます。なぜなら、がん細胞とは元々自分の細胞が、がんに変異したものだからです。すると、特に点滴で投与する強力な抗がん剤の副作用は、あらゆる身体の機能も低下させる恐れがあるのでした。がんの抑制と同様に、食欲も不振になったり、性欲が減退したり、消化も不良になり、身体のあちこちまたは全身が疲労・疲弊するなど、個体差はありますが、千差万別に効いてしまいます。著者の場合、途中まで食欲が残ってくれた代わりに、胃腸の働きが鈍って排便まで行き着けず、滅多にならない便秘になりました。酷い時期は排泄器官が一切機能しなくなり、便も尿もしたいのに蛇口が固く締められた状態で、地獄の苦しみだったのです。それでも、こんなにキツい副作用なら、必ずがんにも効いているはずだと確信しては、耐えられました。

また、全身にも少しは倦怠感があって、足元がおぼつかず、機敏に動けないのも確かでした。階段などは注意しないと危ないです。これと同じ様な現象が、慢性疾患として著者が共存している病、糖尿病でも見られるのでした。それは、血糖値を下げるインシュリンの量を打ち過ぎて、低血糖になった時です。普通は、血糖値が80を切って低血糖が加速すると、頭が働かなくなり、果ては倒れるでしょう。ところが、著者の場合、血糖値70～60くらいで最も頭がキレッキレになるパターンがあるのでした。発想、アイディア、筆が乗ります。もちろん、そのまま低血糖を放っておくと、下がり続けて倒れるでしょう。危ないと思ったら、ヤクルト飲んで血糖値を戻すのが、著者にはなぜか相性が良いリカバリーなのでした。

ともあれ、著者にとっては、低血糖70～60が、ゾーン（没頭）になるケースが多いのです。普通、ものを考えるためには、脳に糖分を送り込んで賦活化させます。メガヒット漫画『デスノート』の天才探偵Lは、甘い物をしこたま食べて血糖値を上げ、問題を解決していました。しかし、著者は血糖値を上げても、考えがまとまりません。メンタルが弱い著者は、日頃から考え過ぎているのでしょう。それが、血糖値を下げると〝雑念〟を払い、考えなければならない事〈執念〉だけに、脳がテーマを削ぎ落としてくれるのだと最近意識できるようになりました。但し、過ぎない低血糖という塩梅はコントロールが困難ですし、原則できないので、ゾーン低血糖は、行き当たりばったりのラッキータイムだけです。

さて、抗がん剤です。がん細胞を抑制してくれる代わりに、他の細胞の働きも抑えてしまう効果が脳に及ぶと、なんと著者の場合は、悩み無用になって、今書かなければならない原稿だけに集中できているのです。これから、繰り返し抗がん剤治療の入退院が展開されます。臨床社会学者の著者は、脳内でどんな研究成果を量産できるでしょうか。

但し、がん細胞だけではなく、正常な細胞も叩く！　強力な抗がん剤と奇跡の「免疫療法」には良くない副作用もありました。患者によって、千差万別ですが、著者の場合、点滴治療中は、食欲旺盛で、いつでも授業できるくらいに無敵でしたが、抗がん剤の点滴が終わる頃から身体に影響が出始めたのです。夕食から、味の濃いおかずは胸につかえてほとんど食べられなくなり、全身のしんどさも表現する言葉も見つからない、はじめて感じる重い辛さでした。コロナの後遺症などと同様なのかもしれません。未曾有のダメージなので、言語化しにくいのです。トイレやシャワーなど、なんとか日常生活はこなせましたが、ふらつくので外出するのは危ないし、授業ができるかと言うと、トークライヴなどとても覚束《おぼつき》ません。

それでも、強力な抗がん剤の点滴中に重い副作用が出て、治療を中断もしくは中止する事なく、今回の抗がん剤治療の終盤に、副作用が出てくれた事は幸いでした。これも、強力な抗がん剤治療と奇跡を願う「免疫療法」だけは、貫徹させるという著者の身から出た〈**執念**〉の結果でしょうか。これから何回、入退院を繰り返して点滴治療を受けるかわかりませんが、絶対に途中で頓挫せず、効果へのチャンスを継続させるよう、授業継続と同様に自らの良い〈**執念**〉を研いて参ります。

そして、2回目の抗がん剤治療と「免疫療法」から退院したばかりの2023年3月12日、副作用でふらふらでしたが、著者の大師匠、稲増龍夫先生が、法政大学社会学部教授を定年退職されるフェアウェルパーティー（於：ザ・プリンスパークタワー東京）に出席できたのです。

師匠！長きに亘り、不肖の弟子をここまでご指導下さり、本当にありがとうございました。

最初に教えて頂いた「自己相対化」の視点は、がんへの対応でも活かし続けております。これからもよろしくお願い申し上げます。

しかし、ひとつ間違って、2月に著者が喉頭を取る手術を受け、教壇への再起不能になっていたら、東西で〝師弟！ 同時退職〟というブラックジョークみたいな展開になっていました。運命とは、実におもしろいものです。だから、生きるのはやめられません。

III

果ては、不死身になれる文学へ

少なくとも、書物の中で、
著者は消えません

いつも嚥下や咀嚼のしやすい料理を工夫してくれ、時として抗がん剤の副作用で日常の動作も儘ならない著者の心身を、すべての面で支援してくれているイコールパートナーの妻には心底感謝しています。そこで自然の成り行きとして、著者は妻の〈信仰〉にも共鳴し、一緒にＱＯＬの延命を〈祈念〉し続けました。するとと結果論ですが、入院するや、オプジーボに代表される「免疫療法」も適用され、手術なしで治癒ができる奇跡の様な可能性さえ開いたのです。

但し、「免疫療法」は万人に有効ではなく、これまで効果が得られるのはレアケースでした。よって、サステナブル（永続可能）にサバイバルできる世界観を思考実験しておくのもリスクマネジメントとして必要でしょう。

例えば、決して失われる事のないフィクションの世界で、意識を生かし続けるという考え方は、メタバースなどが現れる前から、シェルターとしての〈文学〉で実現していた〈想念〉の世界観ではないでしょうか。

1 さらに、難病は〈想念〉の文学へ

どんな難題でも、学問の研究テーマにすれば、解決できると考えられるのが多くの学者の性分でアカデミズムだとも言えるでしょう。

縦軸は、がんに対して、リスクを負っても直接向き合うのか、リスクの回避をめざすのか。横軸に、問題に没頭するのか、客観視できるのかを設定した様相論理のマップがp.174の図です（拙著『マス・コミュニケーション単純化の論理』「4　使いやすい受け手論」pp.88–125. 参照）。

この4様相をチャンネルとして切り替えることによって、第2、第3や再発のがんまでではなく、この先いつ、どんな環境や条件の下でがんに見舞われても、対応できる選択肢が用意できたと、臨床社会学者の著者は勝手に自分を落ち着かせているのでした。人間、どんな苦難や逆境においても、解決できる選択肢が複数、脳内にあれば、少しは冷静に対応できるはずです。

様相の各象限を説明します。

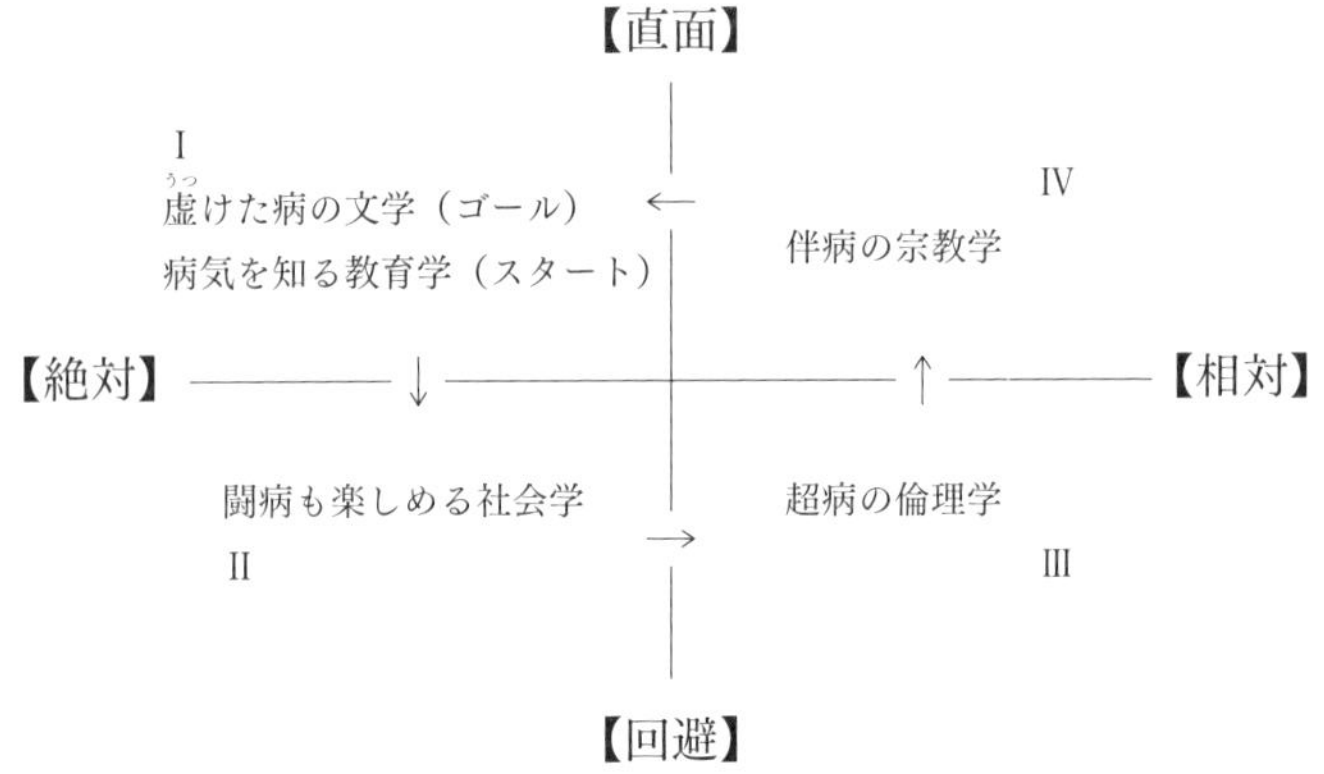

（がんや依存症など）難病と向き合うアカデミズム4様相の地図
出所）筆者作成。

I．まず、がんの告知は教育に値すると考えています。よって、告知の方法論には、より多くの理解と納得を望む教育学のメソッドが適用できるでしょう、そして、病気から回復するために必要な基礎知識の啓蒙、選択できる治療内容の説明も同様、教育に域に入るでしょう。

II．闘病をゲームであるかのようにも楽しめる経験値が満載の禁断の書、拙著『楽天的闘病論——がんとアルコール依存症、転んでもタダでは起きぬ社会学』pp.1–87．参照。

III．がんと戦争するよりも、患者がゲームのプレイヤーであるならば、巻き込む周囲のできるだけ多くの人々（病院のスタッフや支援者＝サポーター。教授である著者の場合には、学生＝観客）に、最大の幸福をもたらす理想の世界観をめざすのが本書の第Ⅰ部「超病の倫理学」でした。

IV．現時点では、2度目や再発のがんに見舞われた場合、プレイヤーとしてのがん（細胞）も認めて、神仏の庇護のもと互いに承認して、伴《とも》に過ごせるための研究課題としておきます。そう言えば、多くのスポーツ競技でも、プレイヤーがゲームの前は、神に祈ります。

I′．しかし、何度もがんの罹患を経て、様々妥当な考え方も経て、生き残った一周後の病歴には、〈想念〉で創作する文学作品に意識を逃げ込ませる究極のブレイクスルーを想像してみました。もしかすると終末医療における薬物使用がもたらす幻想の世界観も当てはまるのかもしれません。また、穏やかな表現をすると、病歴の地平を妄想して創作（書き残すなど）→アウトプットする（悩みを吐き出す）ことによって、ストレスを解消→昇華できる場合もあるはずです。

「これまで10以上の治療を受けたでしょうか。その結果、がんを制圧できたと思っていましたが、またがんが暴れ始めたことがわかりました。しかし、それでも後ろ向きになることはありません。『今度はどんな治療でがんを制圧しようかな』と、むしろ楽しみにしています。次から次へと手を打っても新たな問題が出て来る。それはそれで楽しいものであり、自分にとって新たなチャレンジでもあります。

どんな治療法であっても、自分の身体であれば誰からも非難されません。僕が取り組んできた治療の多くは、厚生労働省が推奨している「標準治療」から外れています。

いわば、僕が実験台です。美容外科でもそうでしたが、自分は実験台でいい。その治療がうまくいけば誰かの役には立てますし、たとえ失敗してもその後の教材になる。」（高須克弥『全身美容外科医』p.189.）

著者も、強力な抗がん剤（フルオロウラシル）治療（24時間6日連続の点滴）と最新の「免疫療法」（キイトルーダ）の研究対象になる趣旨が書かれた同意書には、即サインしました。よって高須先生の考え方には共鳴するところ多々あるのです。但し、著者は国を信じて原則、「標準治療」(国が効果と安全性を認めて、保険適用される治療法)しか望みません。そして、高須先生の引用文における「治療」を「学究」とアナロジー(強引にでも置き換え)できれば、がんと向き合う姿勢は、本書の第II部「再発したら、伴病の宗教学」が援用するアカデミズム(妥当な考え方としての学説など)の配置も理解できるのではないでしょうか。

結果、高須先生はこのスタンス(がん対応)を書かれた後、少なくとも3年以上サバイバルされていますし、著者も教壇に立ち続けています。その現実が、果敢でも無謀でも、挑戦こそ生存の証左となるでしょう。

様相の象限間にまたがる➡:行動変容の意味を解説します。

I→II:病気の情報は教育を受けて理解できますが、いざがんを告知されてしまったら、まずは潔く受け容れましょうというのが著者の姿勢でした。そして虚勢を張ってでも治療をスポーツの様に取り組んで、打ち勝つのです。

II→III:2度目のがんで、治療をプレイにするにも限界を感じるようになってしまえば、無理な虚勢を張らずとも、落ち着いて他者にも気を配った振る舞いをしましょう。経験値のある2度目のベテランプレーヤーだからこそ、できるはずです。そうすれば、周囲から承認が得られるケースも増えるでしょう。そうなれば落ち着ける好循環で、巻き込んだ周囲と共に最大幸福(／リスク最小)をめざすことができます。

III→IV:闘病をスポーツの様に楽しめた地平には、ひと呼吸(III)おいてノーサイドの精神です。つまり戦争は相手を殺しますが、スポーツなら勝っても負けても、相手を承認します。よって闘病の地平に、がんとの共存を模索しみてはどうでしょうか。もちろん、3度目以降や再発のがんでは、落ち着いても居られず、かといって最早、がんを排除もできないとすれば、伴に生きながら神仏にすがる諦観の境地になるのもサバイバル法の一つだと、現時点では考えています。

1993年、巨匠スティーヴン・スピルバーグ監督によって映画化された『ジュラシック・パーク』は、時空を超えてまで、恐竜と人間が葛藤するフィクションでした。その後シリーズ化され、紆余曲折を経て『ジュラシック・ワールド』という世界観に至った果てには、恐竜と人間が共存することを永遠のテーマとして、一応の決着を見るのです。この発想、スタートから拙著『楽天的闘病論』pp.7–16. で、病院をテーマパークに見立てた著者のセンス／感覚とも共鳴します。そして異物のがんと伴走して行き、果ては著者も共存する世界観（ワールド）に至るのでした。

Ⅳ→Ⅰ：諦観の域は、ニヒリズムにも昇華できるはずです。そこで改めて、病は気から、病気なんてフィクションだと割り切れれば、精神的には楽に逃げられるでしょう。緩和ケア等では、薬の手を借り幻想に耽るのことも可能かもしれません。直面した上で、虚構へテイクオフするのです。自身の経験値からすると、あまり良くない例ですが、アルコール依存症からの離脱症状で見た幻覚でありフィクションのように、向こう側（beyond）に突入、没入できる世界観です（拙著『脱アルコールの哲学』pp.28–30. 参照）。

逆に良く言えば、心身ともに、どうにも救われない場合、現実の社会から零《こぼ》れ落ちそうな人間にとって最後の砦、駆け込み寺、シェルターとしての"Jurassic Park"ならぬ"Hospitality Land"（病院：拙著『楽天的闘病論』p.9. 参照）の世界観が、文学の領域に値するのです。

しかし前述の通り、がんを慢性疾患として薬でコントロールできるイメージも出来つつある現在の医療です。夢想が叶うかもしれません。著者がアカデミズムとフィクションの境界線上を行く、未完の小説〝アカデミック・フィクション〟は、2万字止まりのままです。寓話の舞台は、著者がこれまで発表して来た荒唐無稽な社会政策が、当たり前の様に実現している世界です。そこで、松下政経塾のような私塾を開く塾頭が、実は断酒10年のアルコール依存症者で、さらなる社会問題を解決するために、スーパーマン（メタアルコホリック）と化す空想社会学小説です。メタアルコホリックとは、飲酒の量をコントロールできるようになった依存症者で、現実には難しく、だからスーパーマンなのでした。彼（塾頭にして、スーパーマン）は一時的だけ、ポパイのほうれん草の様にアルコールを飲んでは、日本政府へ政策の私案を投稿して→採用→政策実現という独自の活躍を見せるのが筋書きです。しかし、良く考えると著者が高校生の頃に没頭していた深夜ラジオのハガキ職人のような地道なストーリーです。もちろん、フィクションですが、主人公がアルコールを飲むのは、問題解決のアイディアを想起するためというより、解決できないかもしれないという不安を一時的に払拭するためのような気もして来ました。著者にとっては、まさにメタフィクションの執筆活動で、きっと未完のままに終わるでしょう。

それでも精神の病と同様に、身体の病も、伴病の果てに、死にさえ至らなければ、がんも個性で、身体にアナキズムを抱えられる才能だとまで言わしめたら、書いている小説が、たとえフィクションからでも、ハッピーエンドにできるのではないでしょうか。

少なとも、フィクションでも夢想して、メンタルの安寧が得られるなら、病から着想した文学の創作は、有効な精神安定剤となるでしょう。

意志の力が必要な**〈信念〉**や**〈執念〉**ではなく、もっと楽な**〈祈念〉**という行為から、さらに気楽にテイクオフできる**〈想念〉**の域です。

2

ポスト・アルコホリズムが教えてくれた〈想念〉の世界観

病の文学へ〈**想念**〉のテイクオフとは、何か。著者が、がんからアルコール依存症へ、身体から精神の病へ向かった地平には、現実とフィクションの垣根を超えた、より文学と親和性のある世界観が見えて来たから、発想できたのでしょう。もちろん、依存症からは回復して酒を断ち、ポスト・アルコホリズムの境地に至ってからです（拙著『脱アルコールの哲学』参照）。

例えば、違法薬物の使用で逮捕された有名人が、心も身体も壊れていなくて、元気そうに見える度に感じることがありました。断酒10年が視界に入った自分も今度こそ、アルコールくらい（心身を壊さないよう）コントロールして飲めるスーパーマン（メタアルコホリック）として、生まれ変われるのではないかという夢想が湧いて来ます。

その時、いつも言い聞かせているのは、誰もが努力すれば、オリンピックで金メダルを取れるわけではないという論理でした。その種目の金メダリストは、世界でたった一人ですから。でも、その考え方は、他に誰も言っていない〝ものの見方〟や独自の学説を提起している極論社会学者の自分こそ、唯一無比のスーパーマンを目指すべきだという動機づけにもなりかねないのでした。いやいや、スーパーマンどころか、多くのアルコール消費者は、コントロールして飲んでいるのではないか。自分ができなかったのは、依存症と言うよりは未熟だっただけで、一旦学んだら、車の運転みたいに、乗りこなせるように飲みこなせるはずだとも論理を展開してしまいそうでした。

もちろん、アルコール依存症という病は、健常者が飲みこなすのとは訳が違うでしょう。一度、依存症と診断されたら、飲みこなせない病根（誤作動する脳の回路）を背負って生きて行くしかないのです。それも学びました。だからこそ、スーパーマンに憧れるのです。依存症という病を背負いながらも、飲みこなせるように化けるスーパーマン（メタアルコホリック）です。

なぜ、このような暴論を考えられるようになったかというと、16年前に患った下咽頭がんとは別に、昨年に患った歯肉がんのおかげで、嚥下に続いて咀嚼も難しくなった自身の身体環境にあります。一部の消化器系のがん患者さんから、予後はアルコールで食物を流し込むようになったと聴きました。それに近いメンタリティでしょう。

そこで、著者は現実に再飲酒するのではなく、考えるだけで心身を傷つけない程度にアルコールを飲みこなせるスーパーマンを創作して、自身の文筆活動の中で活躍させることを思いついたのです。離脱症状でリアルな幻覚を経験したアルコール依存症患者にとって、メタバースなどは、没頭とは程遠い出来の悪い世界観に過ぎません。デジタルツイン（データを映した仮想の自己）より、自分だけの文学作品を描き、その中では依存症者がアルコールを理想的にコントロールしながら摂取するスーパーマン（メタアルコホリック）に進化する寓話を展開させるのです。そしてがんもコントロールできていたら、名うてのガンマンです（笑）コピーより創作で、オリジナル（現実）も超える〈想念〉の世界観です。

どうにも乗り越えられない難題にぶち当たって、眠れない日々が続いた時、やっと眠れたと思ったら、大酒を飲む〝夢〟を見て、熟睡できることがあります。自家製フィクションの効用でしょう。そして、それも、健全なポスト・アルコホリズム（脱アルコールの哲学）ではないでしょうか。

がんの再発で、自暴自棄になって再飲酒することなく、頭で考えた再飲酒する主人公を虚構に世界に落とし込む。それが著者ならではの現実には飲まないで生きる論理なのでした。

そして、なんとしても生き残って、今年こそは12月に、断酒10年の記念日を祝いたいのです。

化学療法の〝女神〟が導いてくれた！　強力な抗がん剤治療と、奇跡を願う「免疫療法」が、劇的に効き続けるスーパーマンになりますように！！　やはり〈想念〉の中でも〈祈念〉しています。

「自分の品性と役割に目覚めると『明日死ぬとしても、今日花に水をやる』という希望の心が生まれてきます。」（樋野興夫『がん哲学外来へようこそ』p.73.）

でも、万が一にも死んだら、立つ鳥跡を濁さずで、後始末の倫理学も準備しておくことは大切です。取り返しがつきませんから（拙著『高齢者介護と福祉のけもの道』p.176. 参照）。

がんをテーマにした授業では、ある時、学生から遺書についての質問がありました。縁起でもなくても、忌憚のない質疑応答ができるのは、常に胸襟を開いた著者の対面授業のウリでもあります。そこで、著者は、死後に開封される遺書は、誰も反論できないから、書き逃げで卑怯だと思うと回答しました。そして、残しておくべきメッセージがあるなら、生前に書いて公表し、できる限り質疑応答の機会も設けておくのが、死にゆく者のマナーだと考えて、出版を続けていると締め括りました。

附記

本書の第Ⅱ部「再発したら、伴病の宗教学」と第Ⅲ部「果ては、不死身になれる文学」は、第74回 関西社会学会大会（2023.5.13. 於：京都先端科学大学）において、著者が口頭発表した一般研究報告「がん再発の危機管理でも、後ろ盾になれる人文学とは何か――がんと伴に生きる宗教学、虚構に回避できる文学などを援用して」をベースに、大幅に加筆・修正した内容です。

あとがき

まだまだ、死なんぞ！

時事問題、延いては社会問題を解決するためのメディア研究者でもある著者が、８年連続して、単著を出版するのには、理由があります。

例えば、マス・メディアの取材に対する著者の主張は、不本意な編集をされる事もあるのでした。

昨年も、三大紙の一つである新聞社の地方報道部の記者からアルコール依存症に関する取材がありました。テーマは、減酒外来についてです。著者は、治療に結びつくきっかけとしての減酒外来には意義があるが、重症化や再発リスクを避けるためには、原則断酒だと何度も強調しました。後日、記者から「先生が強調されていた『治療の基本はあくまで断酒』という部分は冒頭でお伝えしたうえで、全国に減酒外来が増えていることについて意義を伝えられれば」（2022.6.13.）とのメールを頂き安心していると、当日の記事は冒頭「『断酒』に比べてなじみの薄い減酒外来だが、」で始まっていて、その後は一度も「原則断酒」という言葉が記事には出て来ないのです（『某新聞』2022.7.1.夕刊、１面）。

ショックでした。これでは、読み手に、これからは「断酒」より「減酒」が治療の主流だとの印象だけしか与えません。著者の「原則断酒」という主張は全てカットされたのです。著者の発言に関しては、減酒や節酒を看板に掲げる医療機関の（断酒に至る入口としての）意義を語った部分しか載っていません。結果、著者は（もはや断酒ではなく、）ひたすら減酒外来を支持している学者として利用されたに過ぎないでしょう。本当に残念です。先進国の中でも正しい報道が遅れているアルコール依存症に関する取材だけは、自身のライフワークとして、無条件で受けて来たつもりです。しかし今回、冒頭に伝えると約束してくれた著者の本意「原則断酒」を、バッサリとカットする編集報道で、もうマス・メディアの取材は、懲り懲りになりました。無念です。

その後、他の新聞社から取材申し込みがあり、先の経緯を理解してもらえたので、「原則断酒」の前提で取材を受けました。しかし、メディア毎に対応が変わるようでは、著者の〈信念〉は貫けません。

また、一期一会の講演では、偏見から勝手に聴き替えられた内容があったとしても正しく訂正できる機会はほとんどありません。

例えば学内のある講義において、著者がアルコール依存症対策として酒造メーカーにも協力を求める提言をしたところ（拙著『楽天的闘病論』pp.175–176. pp.179–181. および拙著『脱アルコールの哲学』pp.94–96. 参照）、学生以外の聴講者から「前田先生が、アルコール依存症という病気は、酒造メーカーの陰謀だと言っている。」と著者を陰謀論者に仕立て上げられて、大学に報告された事例もありました。しかし、この場合も、フェイクの報告を正す方法がありません。

よって、著者はどんな考えでも、ルールを敷いて最大多数へ正確に伝える手段は、孤独な単著の出版しかないという思いに至ったのです。これが共著の場合、他の執筆者と内容の擦り合わせが必要となり、やはり著者が伝えたい考えだけには終始できないでしょう。副題に倫理学と銘打ちながら、共感は必要ないのかと問われるかもしれません。しかし、それは論理の階梯が違います。今回、人文学に越境した社会学者として発信する内容にある倫理観は、多くの受け手と共有しているつもりです。それでも著者に内在する、必ずしも共感を要しないアナキズムとは、誰にも支配されない生き様です。生き様は、他人に迷惑さえ掛けなければ、個々人に委ねられても構わないのではないでしょうか。よって、著者には孤独というより孤高の単著が、理想のメディアとなるのでした（拙著『高齢者介護と福祉のけもの道』pp.162–167.参照）。

孤高とは言え、現在も著者の大学授業に対する〈信念〉と、授業継続への〈執念〉を支援して下さっているのは、近畿大学文芸学部の教職員の皆様です。皆様の支えなしでは、著者も教壇に立っておられません。深く御礼申し上げます。

病棟では、京大病院の有能かつ機敏で繊細なスタッフたちが支えて下さり、家庭では、愛に溢れた妻に守ってもらっています。本当にありがとうございます。

また、この度はじめてご担当頂いた編集者として、著者の相変わらず、アクが抜け切れていない原稿を的確かつ丁寧に校正して下さった坂野美鈴さんの校正には、その清らかさに目が覚めました。その背景に、まず琵琶湖の畔で対面して、生きるか死ぬかも分からぬ著者に本を書かせる英断を下さった編集部部長の西村喜夫様、ひいては7冊目の単著を出版して頂いた晃洋書房さまと、幾重に感謝申し上げても尽きません。

そして、本書に潜むアクの強さを表紙に残して下さったデザイナーの北村昭さんとは7冊丸ごと一蓮托生です。さらにアクの強さ、個性の魅力は、ＳＮＳやミニレポートを引用させてもらった前田ゼミ有志、科目受講生有志の皆さんも負けてはいません。いつもご協力、ありがとうございました。

最後に、どの様な気持ちで、本書を手に取られたかは分かりません。読書の皆様。生き方に、唯一無二の正解などありませんから、お互いに、少しでも多くの選択肢の中から、最善手を選び、悔いのない人生を歩みましょう。この度は著者の一手をご高覧頂き、心より感謝申し上げます。

令和5年6月

前田益尚

参考文献

Alcoholic Anonymous, Alcoholic Anonymous World Services, Inc. 1939.（AA日本出版局訳『アルコホーリックス・アノニマス』NPO法人AA日本ゼネラルサービス, 2002.）

アレキサンダー・ベネット『日本人の知らない武士道』文春新書, 2013.

安藤寿康『生まれが9割の世界をどう生きるか 遺伝と環境による不平等な現実を生き抜く処方箋』SB新書, 2022.

Aristotle., *Metaphysics.*（出隆訳『形而上学』上・下, 岩波文庫, 1959.1961.）

——— *Nicomachean Ethics.*（高田三郎訳『ニコマコス倫理学』上・下, 岩波文庫, 1971.1973.）

浅田彰『逃走論——スキゾ・キッズの冒険』筑摩書房, 1986.

Barthes, R., *Mythologies,* 1957.（篠沢秀夫訳『神話作用』現代思潮社, 1967.）

Benton, S.A., *Understanding the High-Functioning Alcoholic: Breaking the Cycle and Finding Hope,* 2008.（水澤都加佐監訳『高機能アルコール依存症を理解する』星和書店, 2018.）

武論尊・原哲夫『北斗の拳 16（ジャンプコミックス）』集英社, 1987.

———『北斗の拳 24（ジャンプコミックス）』集英社, 1988.

Campbell, J., *The Hero with a Thousand Faces,* Pantheon Books, 1949.（平田武靖・浅輪幸夫監訳, 伊藤治雄・春日恒男・高橋進訳『千の顔をもつ英雄』上・下, 人文書院, 1984.）

Conrad, J., *Heart of Darkness,* Blackwood's Magazine, 1899.（中野好夫訳『闇の奥』岩波文庫, 1958.）

Darwin,C.R., *On the Origin of Species by Means of Natural Selection, or the Preservation of Favoured Races in the Struggle for Life,* John Murray, 1859.（八杉龍一編訳『種の起原』上・下, 岩波文庫, 1990.）

Dawkins,C,R., *The Selfish Gene,* Oxford University Press, 1991.（日高隆敏他訳『利己的な遺伝子』紀伊國屋書店, 1992.）

Einstein, A., *Zur Electrodynamik be wegter Korper,* Annalen der Physik, 1905.（内山龍雄訳・解説『相対性理論』岩波文庫, 1988.）

Eliade, M., *Das Heilige und das Profane,* Reinbeck: Rowohlt Taschenbuch, 1967.（風間敏夫訳『聖と俗——宗教的なる物の本質について』法政大

学出版局, 1969.)

Fish, S., *Is There a Text in This Class? : The Authority of Interpretation Communities,* Harvard UP, 1980.

Freud, S. 1911. *Formulations on the Two Principals of Mental Functioning,.* S.E., 12: pp.218–226, London:HogarthPress, 1958.（井村恒郎訳「精神現象の二原則に関する定式」『フロイト著作集』6，人文書院，pp.36–41. 1970.）

——— 1914. *On Narcissism: An Introduction.* Standard Edition, Vol.14. trans. Strachey J, London: Hogarth Press, pp.67–102, 1957.（懸田克躬・高橋義孝他訳「ナルシシズム入門」『フロイト著作集』5，人文書院，pp.109–132. 1969.）

Fromm, E., Escape from Freedom, 1941.（日高六郎訳『自由からの逃走』東京創元社, 1965.）

札野順「技術者が『幸せ』になるための倫理教育」『平成26年電気学会全国大会』2014.

福田充『リスク・コミュニケーションとメディア——社会調査論的アプローチ』北樹出版, 2010.

福田恆存『福田恆存評論集11 醒めて踊れ』麗澤大学出版会, 2009.

古市憲寿『誰の味方でもありません』新潮新書, 2019.

Goffman, I., *Interaction Ritual: Essays on Face-to-Face Behavior,* Anchor Books, 1967.（安江孝司・広瀬英彦訳『儀礼としての相互行為——体面行動の社会学』，法政大学出版局, 1986.）

Harari, Y.N., *Sapiens: A Brief History of Humanking.* London: Harvill Secker. 2014.（柴田裕之訳『サピエンス全史——文明の構造と人類の幸福』河出書房新社, 2016.）

Hari, J., *Chasing the Scream: The First and Last Days of the War on Drugs,* 2020.（福井昌子訳『麻薬と人間 100年の物語——薬物への認識を変える衝撃の真実』作品社, 2021.

長谷川眞理子『進化的人間考』東京大学出版会, 2023.

橋下徹『異端のすすめ——強みを武器にする生き方』SB新書, 2020.

Hegel, G. W. F., *Grundlinien der Philosophie des Rechts,* 1821.（三浦和男訳『法権利の哲学——あるいは自然的法権利および国家学の基本スケッチ』未知谷, 1991.）

――――― *Vorlesungen über die Philosophie der Geschichte,* 1840.（長谷川宏訳『歴史哲学講義』上・下, 岩波文庫, 1994.）
――――― *Jenaer Sysyementwürfe I II,*Gesammelte Werke, herausgegeben von Rolf-Peter Horstmann, Bd. 8. Felix Meiner Verlag Hamburg 1976.（加藤尚武監訳『イェーナ体系構想I・II』, 法政大学出版局, 1999.）
Heidegger, M., *Sein und Zeit.* 1927,（桑木務訳『存在と時間』岩波文庫, 1960.）
Hick, J., *Problems of Religious Pluralism,* New York: Martin's Press, 1985.（間瀬啓允訳『増補新版 宗教多元主義 宗教理解のパラダイム変換』法藏館, 2008.）
樋野興夫『がん哲学外来へようこそ』新潮新書, 2016.
ひろゆき『無理しない生き方――自由と快適さが手に入る37のアドバイス』きずな出版, 2022.
堀江貴文『多動力』幻冬舎, 2017.
堀田美保『アサーティブネス――その実践に役立つ心理学』ナカニシヤ出版, 2019.
Huntington, S.P., *The Clash of Civilizations and the Remaking of World Order,* Simon & Schuster, 1996.（鈴木主税訳『文明の衝突』集英社, 1997.）
池田清彦『バカの災厄 頭が悪いとはどういうことか』宝島社新書, 2022.
稲増龍夫「メディア文化環境における新しい消費者」星野克美編『記号化社会の消費』ホルト・サウンダース, 1985. pp.149–200.
―――――『アイドル工学』筑摩書房, 1989.
―――――『就活は最強の教育プログラムである』中央公論新社, 2014.
井上義和, 藤村達也「教育とテクノロジー――日本型EdTechの展開をどう捉えるか？――」『教育社会学研究』107, 日本教育社会学会, pp.135–162. 2020.
伊丹仁朗『笑いの健康学――笑いが免疫力を高める』三省堂, 1999.
岩本一善「現代ミディア社会における知覚様式の変容について」『神戸山手短期大学紀要』47, pp.111–122. 2004.
亀淵昭信『秘伝オールナイトニッポン：奇跡のオンエアはなぜ生まれたか』小学館新書, 2023.
Kant, I., *Kritik der reinen Vernunft,* 1781.（篠田英雄訳『純粋理性批判』上・中・下, 岩波文庫, 1961–1962.）

加藤尚武『現代倫理学入門』講談社学術文庫, 1997.
萱野稔人『孤高のことば』東京書籍, 2014.
――――『哲学はなぜ役に立つのか」サイゾー, 2016.
――――『リベラリズムの終わり その限界と未来』幻冬舎新書, 2019.
Khantzian, E.J., & Albanese, M.J., *Understanding Addiction as Self Medication.* Rowman & Littlefield Publishers, Inc. 2008.（松本俊彦訳『人はなぜ依存症になるのか――自己治療としてのアディクション――』星和書店．2013.）
小林盾「様相・行為・ルール――様相概念による，行為とルールの回帰性の位置付け」『ソシオロゴス』No. 16, pp.35–51. 1992.
小林桜児『人を信じられない病――信頼障害としてのアディクション』日本評論社, 2016.
小林武彦『生物はなぜ死ぬのか』講談社現代新書, 2021.
九鬼周造『「いき」の構造』岩波文庫, 1979.
栗原康『アナキスト本を読む』新評論, 2020.
前田益尚「命ときめく日に 第1部 病から始まった 第5話 貫き通す 自分の生き方 独り がん乗り越える 逆境で笑って可能性に賭けた」『京都新聞』2008.11.22. 朝刊1面.
――――「超病論――教壇の社会学者が，臨床のがん患者になった時――」（佐藤泰子編著『患者の力』晃洋書房, 2012. pp.133–170.）
――――「臨床テレビの福祉論――1床に1台，TVがある病棟と看護師への質的調査から――」（『文学・芸術・文化』第25巻第1号，近畿大学文芸学部, 2013. pp.130–142.）
――――『楽天的闘病論――がんとアルコール依存症，転んでもタダでは起きぬ社会学』晃洋書房, 2016.
――――『脱アルコールの哲学――理屈でデザインする酒のない人生』晃洋書房, 2019.
――――『パンク社会学――ここでしか言えない社会問題の即興解決法』晃洋書房, 2020.
――――『サバイバル原論――病める社会を生き抜く心理学』晃洋書房, 2021.
――――『高齢者介護と福祉のけもの道――ある危機的な家族関係のエスノグラフィー』晃洋書房, 2022.

McLuhan, M., *Understanding Media, Extention of Man,* McGraw-Hill, 1964.（栗原祐・河本仲聖訳『メディア論』みすず書房, 1987.）
Merleau-Ponty, M., *La Phenomenologie de la Perception,* Gallimard, 1945.（中島盛夫『知覚の現象学』法政大学出版局, 1982.）
Mill, J.S., *Utilitarianism.* 4th ed. London: Longman, Green, Reader, and Dyer, 1871.（関口正司訳『功利主義』岩波文庫, 2021.）
南直哉『「前向きに生きる」ことに疲れたら読む本』アスコム, 2022.
――――「信じても 頼ってはダメ」「改めて問われる 宗教とは」『読売新聞』2022.9.22. 17面.
箕輪厚介『死ぬこと以外かすり傷』マガジンハウス, 2018.
森喜朗『遺書 東京五輪への覚悟』幻冬舎文庫, 2020.
Morin, E., *Leçons d'un siècle de vie,* Ud-Union Distribution, 2021.
なだいなだ・吉岡隆『アルコール依存症は《治らない》の意味』中央法規出版, 2013.
中野信子・三浦瑠麗『不倫と正義』新潮新書, 2022.
中野信子『脳の闇』新潮新書, 2023.
中澤公孝『パラリンピックブレイン』東京大学出版会, 2021.
難波功士『「就活」の社会史 大学は出たけれど…』祥伝社新書, 2014.
成田悠輔『22世紀の民主主義』SB新書, 2022.
Nietzsche, F., *Der Wille zur Macht.* 1959,（原佑訳編『ニヒリズムの克服』人文書院, 1967.）
西部邁『経済倫理学序説』中央公論新社, 1983.
――――『教育 不可能なれども』ダイヤモンド社, 2007.
似鳥昭雄・勝間和代「発達障害は才能です」『文藝春秋』2021年12月号, pp.256–261.
大空幸星『「死んでもいいけど, 死んじゃダメ」と僕が言い続ける理由――あなたのいばしょは必ずあるから（14歳の世渡り術）』河出書房新社, 2022.
奥真也『人は死ねない 超長寿時代に向けた20の視点』晶文社, 2022.
Plátōn,（久保勉訳『ソクラテスの弁明・クリトン』岩波文庫, 1927.）
―――― *Protagoras.*（藤沢令夫訳『プロタゴラス―ソフィストたち』岩波文庫, 1988.）
Russell, B.A.W., *Sceptical Essays.* London: George Allen & Unwin. 1928.（東

宮隆訳『懐疑論集』みすず書房, 1963.)
坂口安吾『堕落論・日本文化私観 他二十二編』岩波文庫, 2009.
更科功『若い読者に贈る美しい生物学講義 感動する生命のはなし』ダイヤモンド社, 2019.
Sandel, M.J., *Justice with Michael Sandel and Special Lecture in Tokyo University*. 2010.（NHK「ハーバード白熱教室」制作チーム・小林正弥・杉田晶子訳『ハーバード白熱教室講義録＋東大特別授業』上・下, ハヤカワ・ノンフィクション文庫, 2012.)
Sandel, M.J. & Kobayashi, M., *The Art of Dialogical Lecture of Michael Sandel*. 2011.（マイケル・サンデル　木林正弥『サンデル教授の対話術』NHK出版, 2011.)
佐藤卓己・井上義和編『ラーニング・アロン――通信教育のメディア学』新曜社, 2008.
佐藤卓己「教育のニュー・メディア幻想」稲垣恭子編『教育文化を学ぶ人のために』世界思想社, pp. 2 -25. 2011.
佐藤泰子『苦しみと緩和の臨床人間学――聴くこと, 語ることの本当の意味』晃洋書房, 2011.
――――『死生の臨床人間学――「死」からはじまる「生」』晃洋書房, 2021.
Schalansky, J., *Der Hals der Giraffe: Bildungsroman*, Suhrkamp Verlag, 2011.（細井直子訳『キリンの首』河出書房新社, 2022.)
Schopenhauer, A., *Ueber die vierfache Wurzel des Satzes vom zureichenden Grunde*. 1813.（鎌田康男・齋藤智志・高橋陽一郎・臼木悦生 訳著『ショーペンハウアー哲学の再構築〈新装版〉「充足根拠律の四方向に分岐した根について」〈第一版〉訳解』法政大学出版局, 2000.)
―――― *Parerga und Paralipomena: Kleine Philosophische Schriften*, 1851.（斎藤忍随訳『読書について』岩波文庫, 1960.)
世耕石弘『近大革命』産経新聞出版社, 2017.
先﨑彰容『国家の尊厳』新潮新書, 2021.
Simmel, G., *Zur Philosopie des Schauspielers*.（北川東子編訳, 鈴木直訳「俳優の哲学」『ジンメル・コレクション』ちくま学芸文庫, 1999.)
真如苑文書伝道部『解説 真如苑の教学 増補改訂版』真如苑文書伝道部, 2009.

Spinoza, B., *Korte Verhandeling van God, de mensch en deszelvs welstand,* 1660.（畠中尚志訳『神・人間及び人間の幸福に関する短論文』岩波文庫, 1955.）
―――― *Tractatus Theologico-Politicus,* 1670.（畠中尚志訳『神学・政治論 上巻――聖書の批判と言論の自由』岩波文庫, 1944.および畠中尚志訳『神学・政治論 下巻――聖書の批判と言論の自由』岩波文庫, 2007.）
―――― Ethica, 1677.（畠中尚志訳『エチカ――倫理学』上・下, 岩波文庫, 1951.）
高須克弥『全身美容外科医――道なき先にカネはある』講談社＋α新書, 2019.
竹村健一『メディアの軽業師たち――マクルーハンで読み解く現代社会』ビジネス社, 2002.
つんく♂『「だから, 生きる。」』新潮社, 2016.
上山明博『「うま味」を発見した男 小説・池田菊苗』PHP研究所, 2011.
脇本平也『宗教学入門』講談社学術文庫, 1997.
和辻哲郎『人間の学としての倫理学』岩波文庫, 2007.
Weber, M., *Die protestantische Ethik und der 'Geist' des Kapitalismus,* 1905.（大塚久雄訳『プロテスタンティズムの倫理と資本主義の精神』岩波文庫, 1989.）
―――― *Wirtschaft und Gesellschaft,* 1921.（清水幾太郎訳『社会学の根本概念』岩波文庫, 1972.）
養老孟司『唯脳論』ちくま学芸文庫, 1998.
吉田精次・ASK（アルコール薬物問題全国市民協会）『アルコール・薬物・ギャンブルで悩む家族のための7つの対処法―― CRAFT』アスク・ヒューマンケア, 2014.
吉本隆明『共同幻想論』河出書房新社, 1968.

参考番組（視聴日順）

第108話「さらば北斗2兄弟！いま2人は哀しみの果てに！！」『北斗の拳』フジテレビ, 1987.2.26. 19:00～19:30.
第137話「処刑台のケンシロウ！遂に天は海神を走らせた！！」『北斗の拳2』フジテレビ, 1987.10.29. 19:00～19:30.

「戦国〜激動の世界と日本〜（１)『秘められた征服計画　織田信長×宣教師』」『NHKスペシャル』NHK総合テレビ, 2020.6.28. 21:00〜21:49.
「戦国〜激動の世界と日本〜（２)『ジャパン・シルバーを獲得せよ　徳川家康×オランダ』」『NHKスペシャル』NHK総合テレビ, 2020.7. 5 . 21:00〜21:49.
立花隆「見えた 何が 永遠が 立花隆最後の旅」『NHKスペシャル』NHK総合テレビ, 2022.4.30. 22:00〜22:49.
加藤総夫, 榎本和生（解説), 潮田玲子（ゲスト）「“痛み”それは心の起源」『ヒューマニエンス』NHK BSプレミアム, 2022.5.24. 22:00〜22:59.
小川仁志（解説）ロッチ（MC)「リーゼント上等！名物店主のロックな生きざま」『ロッチと子羊』NHK Eテレ, 2022.6. 2 . 20:00〜20:30.
Backlight: Seeing is Believing. VPRO, Nederland. 2021.（「ディープフェイク進化するAI技術の光と影」『ドキュランドへようこそ』NHK Eテレ, 2022.6.17. 23:00〜23:45.）
寺尾秀行（神奈川県立がんセンター医長)「“がんゲノム医療”の効果」『日曜報道 THE PRIME』フジテレビ, 2022.7. 3 . 7 :30〜 8 :55.
アレキサンダー・ベネット（武道家）ほか「あなたの街のラフカディオ」『COOL JAPAN〜発掘！かっこいいニッポン』NHK BS 1 , 2022.7. 3 . 18:00〜18:50.
藤田耕司, 岡ノ谷一夫（解説), 重松清（ゲスト）「“言葉”それがヒトの思考を生んだ」『ヒューマニエンス』NHK BSプレミアム, 2022.7.21. 22:00〜22:59.
島田雅彦（ゲスト), 吉田成朗, 中野萌士, 竹村眞一（解説)「“バーチャル”無いものをあると思える力」『ヒューマニエンス』NHK BSプレミアム, 2022.8. 2 . 22:00〜22:59.
ジョセフ・ヒース, ほか「アメリカ 分断の2010s」『世界サブカルチャー史欲望の系譜』NHK BSプレミアム, 2022.8. 6 . 22:00〜23:30.
堀江貴文, デーブ・スペクター, 杉村太蔵, ほか（ゲスト）爆笑問題（司会)「旧統一教会と政治家は今？など」『サンデー・ジャポン』TBS, 2022.8. 7 . 10:00〜11:30.
『おいしい東京「世界へ発信！」日本の“うま味”』NHK BS 1 , 2022.8. 7 . 19:00〜19:50.
土田晃之（ゲスト)「土田が経験した最大の挫折とは？」『あちこちオードリー』

テレビ東京, 2022.8.10. 23:06〜23:55.

小林武彦（解説）, いとうせいこう（ゲスト）「“遺伝子”その多様性はガラクタから」『ヒューマニエンス』NHK BSプレミアム, 2022.8.16. 22:00〜22:59.

養老孟司, ヤマザキマリ（ゲスト）「養老孟子『日本の壁』 ヤマザキマリと考える 日本の課題にどう対峙」『深層NEWS』BS日テレ, 2022.8.19. 22:00〜23:00.

When Big Tech Targets Healthcare, Artline Films/Art France, 2021.（「あなたの健康データは大丈夫か—— GAFAの果てなき欲望」『BS世界のドキュメンタリー』）NHK BS 1, 2022.8.19. 2160〜22:40.

阿部吉倫〝人工知能が質問してくれる新しい問診システム〟「医師が患者になって初めてわかった 実際に役立つ“患者術”」『あさイチ』NHK総合テレビ, 2022.8.31. 8:16〜9:55.

常岡俊明, 入來晃久, 小藪一豊, 濱田マリ, 清家英作, ほか「意外と身近な『依存症』の世界を深掘り！注目の治療手段とは？」『バリバラ』NHK Eテレ, 2022.9.9. 23:00〜23:30.

武田鉄矢（ゲスト）, 加藤浩次（MC）「紅白出場から一転どん底へ…音楽人生秘話」『人生最高レストラン』TBS, 2022.9.10. 23:00〜23:30.

島薗進, 小原克博, 川島堅二, 櫻井義秀, 釈徹宗, 若松英輔「問われる宗教と“カルト”」『こころの時代〜宗教・人生〜』（前編・後編）NHK Eテレ, 2022.10.9.16. 5:00〜6:00.

稲見昌彦, 奥真也, 高橋祥子（専門家）「不老不死」『カズレーザーと学ぶ』日本テレビ, 2022.10.25. 2164〜23:00.

松田優作「松田優作“ブラック・レイン”に刻んだ命」『アナザーストーリーズ 運命の分岐点』NHK総合テレビ, 2022.11.11. 22:00〜22:45.

小野田紀美, 畑山博史, 林久美子, 藤本淳史, デビッド・ホセイン（文化人）, ブラックマヨネーズ（MC）「多発する幼児事故」『ブラマヨ弾話室』BSフジ, 2022.11.20. 22:30〜23:00.

萱野稔人, 村田昭嗣, 大野裕之, 竹田恒泰, 須田慎一郎, 丸田佳奈, 山口もえ, 安藤優子（コメンテーター）, 宮沢孝幸（ゲスト）, 黒木千晶, 野村明大（司会）「ニュース哲学 死刑制度から新型コロナ 宗教団体から反社まで 独自の哲学で徹底討論」『そこまで言って委員会NP』読売テレビ, 2022.12.4. 13:30〜16:00.

山極壽一, 川崎真弘, 細田千尋（専門家）「集まるとバカになる！？最新研究で学ぶ群れの中で賢く生きる方」『カズレーザーと学ぶ。』日本テレビ, 2023.1.24. 22:00〜23:00.
「医療技術を日本で学ぶ　母国のために･･･ウクライナ人医師の挑戦」『ワールドビジネスサテライト』テレビ東京, 2023.2.23. 22:00〜22:58.
「戦地から日本へ ウクライナ人医師の決意」『おはよう日本』NHK総合, 2023.2.27. 7:00〜7:45.

参考映画

宍戸錠（主演）, 野村孝監督『早打ち野郎』日活, 1961.
Lynch, D., *Eraserhead*, 1977.（日本公開：デヴィッド・リンチ監督『イレイザーヘッド』1981.）
Coppola, F.F., *Apocalypse Now*, United Artists Corporation, 1979.（日本公開：フランシス・フォード・コッポラ監督『地獄の黙示録』1980.）
Scott, T., *Top Gun*, Paramount Pictures Corporation, 1986.（日本公開：トニー・スコット監督『トップガン』1986.）
Spielberg, S., *Jurassic Park*, Universal Pictures, 1993.（日本公開：スティーヴン・スピルバーグ監督『ジュラシック・パーク』1993.）
Kosinski, J., *Top Gun: Msrverick*, Paramount Pictures Corporation, 2022.（日本公開：ジョセフ・コシンスキー監督『トップガン マーヴェリック』2022.）
Trevorrow, *C., Jurassic World: Dominion*, Universal Pictures, 2022.（日本公開：コリン・トレヴォロウ監督『ジュラシック・ワールド／新たなる支配者』2022.）

参考動画

『【バラエティ】誰だって波瀾爆笑〜前田益尚〜』YouTubeチャンネル, 法政大学社会学部 稲増ゼミPV, 制作：稲増ゼミ36期生（勝又美衣奈, 名須川侑征, 山上泰生, 山内侑）https://youtu.be/lL5rumGG_Tg

参考講演

札野順「責任ある研究活動（RCR）のために——研究不正の要因と志向倫理——」（2021年度 近畿大学コンプライアンス研修にかかる研究不正防止に関する講演会，オンライン開催．2021.9.29. 16:00～16:00.）

札野順「QRP（Questionable Reseach Practice）って何？——責任ある研究活動（RCR）と“Good Work”への道」（2022年度 近畿大学コンプライアンス研修にかかる研究不正防止に関する講演会，オンライン開催．2022.6.30. 16:00～16:00.）

※著者は，近畿大学のFD（Faculty Development）研修会にも必ず参加して，倫理観を研いています。

《著者紹介》
前 田 益 尚（まえだ ますなお）
臨床社会学者
メンタルが弱いのに，ナルシシスト．だから，ほど良いアジテーター．

近畿大学文芸学部教授
近畿大学大学院総合文化研究科教授

1964年生まれ．滋賀県大津市出身
滋賀県立膳所高校卒
法政大学社会学部卒
成城大学大学院文学研究科コミュニケーション学専攻博士後期課程単位取得退学（文学修士）

専門領域：時事問題を解決するためのメディア研究

著者が敬服する！ ガンマン像：古賀稔彦さん（柔道家）
「大げさではなく，亡くなる前日まで父は回復するものだと信じていました．」
（長女，古賀ひよりさん談．『毎日新聞』2022. 3 .14.配信）
　最期まで，周囲に希望を与え続けた姿勢は，簡単には真似することのできない高潔さの証でしょう．

所属学会：日本社会学会，関西社会学会，関東社会学会，日本メディア学会，（財）情報通信学会，日本社会心理学会，日本アルコール関連問題学会，関西アルコール関連問題学会

主な単著：
『高齢者介護と福祉のけもの道――ある危機的な家族関係のエスノグラフィー』晃洋書房，2022.
『サバイバル原論――病める社会を生き抜く心理学』晃洋書房，2021.
『パンク社会学――ここでしか言えない社会問題の即興解決法』晃洋書房，2020.
『脱アルコールの哲学――理屈でデザインする酒のない人生』晃洋書房，2019.
『マス・コミュニケーション単純化の論理――テレビを視る時は，直観リテラシーで』晃洋書房，2018.
『大学というメディア論――授業は，ライヴでなければ生き残れない』幻冬舎ルネッサンス新書，2017.
『楽天的闘病論――がんとアルコール依存症，転んでもタダでは起きぬ社会学』晃洋書房，2016.
その他，共著，学術論文など多数．

2度のがんにも！ 不死身の人文学

――超病の倫理学から、伴病の宗教学をめぐって――

二〇二三年七月三〇日　初版第一刷発行

著　者　前田益尚©
発行者　萩原淳平
印刷社　河野俊一郎
発行所　株式会社　晃洋書房
京都市右京区西院北矢掛町七
電話　〇七五（三一二）〇七八八（代）
振替口座　〇一〇四〇―六―三二二八〇

印刷・製本　西濃印刷㈱
装丁　㈱クオリアデザイン事務所
ISBN 978-4-7710-3771-7